Nicki Hinz

Lina Luft dreht auf, ab und durch

Nicki Hinz

LINA LUFT

DREHT AUF, AB UND DURCH

Bibliografische Information der Deutschen Nationalbibliothek:

Die Deutsche Nationalbibliothek verzeichnet diese Publikation in der Deutschen Nationalbibliografie; detaillierte bibliografische Daten sind im Internet über http://dnb.dnb.de abrufbar.

© 2023 Nicki Hinz

Herstellung und Verlag: BoD – Books on Demand, Norderstedt

ISBN: 978-3-7568-7380-7

Für Emma

mit dir schließt sich der Kreis
und öffnet sich wieder

INHALT

PROLOG

Manchmal gibt es Momente, in denen die Zeit stehen bleibt: In der Sternstraße 18 geschieht gerade ein solcher Moment. Lina Luft steigt aus dem Auto ihrer Eltern und geht in Richtung Haustür. Davor steht eine ältere Dame, sehr elegant und etwas zierlich, mit graumelierten Haaren und lila Hut.

Lina bleibt abrupt stehen und lässt dabei den Milchkarton, den sie in der Hand hält, fallen. Es dauert nur eine Zehntelsekunde, aber die Frau und Lina erkennen sich. Beide haben sich vorher noch nie gesehen, doch sie wissen sofort, dass sich hier gerade Großmutter und Enkelin gegenüberstehen. Die Zeit und zwei Herzen setzen in diesem Moment kurz aus: ein fast zwölfjähriges wildes Mädchenherz und ein dickes, runzliges Omaherz. Die beiden erkennen sich, denn manchmal gibt es eben so ein unsichtbares Band zwischen zwei Menschen, die miteinander verwandt sind.

Lina steht da nun also vor ihrer Haustür, den Mund sperrangelweit offen, und kann es nicht fassen. Sie sieht dieser Frau in ihre strahlenden grünen Augen und weiß mit absoluter Sicherheit, dass das ihre Großmutter ist. Sein muss! Und das ist ein Problem, sogar ein gewaltiges. Linas Mutter, die exakt die gleichen Augen wie die ältere Dame besitzt, aber nicht ganz so zierlich ist, biegt nun nämlich ebenfalls um die Ecke - in den Händen noch die Einkäufe, die sie gerade aus dem Auto gehievt hat. Sie erkennt die Großmutter, die ja wiederum ihre eigene Mutter ist, natürlich auch und lässt daraufhin mit einem markerschütternden Schrei die ganze Straße erzittern – und zwar so ohrenbetäubend, dass es sogar der Katze, die verstohlen hinter dem Hortensienstrauch hervor spitzt, die Nackenhaare aufstellt.

Das mit der Großmutter war nämlich so: Selbstverständlich hatte Lina eine, das hat ja nun einmal jeder. Bilder von ihr hatte sie schon hier und da gesehen, aber getroffen hat sie sie eben noch nie, denn irgendetwas stimmte wohl mit dieser Oma-Person nicht. Zu Hause wurde grundsätzlich nicht über sie gesprochen. Aus Prinzip. Es herrschte ein unausgesprochenes Redeverbot, als hätte man sie ganz einfach aus dem Skript ihrer aller Leben herausgestrichen. Sprach man den Vater darauf an, schüttelte er nur seufzend den Kopf und wandte sich gleich wieder seinem Laptop zu. Und die Mutter?

»Ich möchte nicht über diese Frau sprechen.« Mehr gab es dazu wohl nicht zu sagen. Lina vermutete, dass sich ein großes dunkles Geheimnis um ihre Großmutter ranken müsse, denn warum würde man sonst einfach so tun, als gäbe es sie nicht?

Der klirrende Schrei ihrer Mutter durch die Sternstraße bestätigt in diesem Moment, was Lina schon lange ahnt: Da ist etwas faul. Ihre Mutter hat vor Schreck sogar die Einkaufstüten fallen lassen. Gemüse rollt bunt durch den Vorgarten, ein Glas Spaghettisoße zerbricht und ergießt sich dunkelrot auf den Boden, als wäre ein Mord geschehen. Lina ist sich sicher, dass irgendwo ein Fenster zerbirst. Also wegen des Schreis. So wie Opernsängerinnen Gläser zersingen können, zerschreit ihre Mutter gerade ein Fenster.

Da stehen sie nun also, die drei Generationen. Tochter, Mutter und Großmutter. Sie sehen sich an, mit offenen Mündern, fassungslos, erfreut, entsetzt. Es ist ein Moment, der alles ändern wird.

Brokkoli

Ein wenig später saß man schweigend zusammen im Wohnzimmer: Mutter, Vater, Lina und die Großmutter. Eine Teekanne auf dem Tisch, Kamille. Die Kanne dampfte, die Familie schwieg. So ging das nun schon eine ganze Weile.

Zuerst hatte die Mutter die Großmutter sofort rausschmeißen, ja eigentlich gar nicht erst ins Haus hineinlassen wollen. Aber der Vater, der schließlich auch durch die Milchpfützen im Vorgarten gewatet kam, sagte, das ginge so ja mal wirklich nicht. Er seufzte und hob den Brokkoli auf, der hinter die Hortensie gekullert war. Man sei doch erwachsen, sagte er, man möge sich doch jetzt bitte zivilisiert verhalten, um Gottes Willen erst einmal die Einkäufe zusammenräumen und sich dann zusammen an einen Tisch setzen.

Und da saßen sie nun, die Lufts, und sagten nichts. Schließlich unterbrach der Vater das Schweigen. Sein Vorschlag, man möge nun »die nächsten Etappen dieses Unterfangens mit allen beteiligten Interessenvertretern definieren«, stieß auf taube Ohren. Das war hier schließlich kein Meeting! Aber es dauerte abends immer ein bisschen, bis er merkte, dass er nicht mehr im Büro war, sondern seiner Familie gegenüber saß.

Lina, die immer noch nicht glauben konnte, was hier vor sich ging, blickte zu ihrer Mutter, der Großmutter, dem Vater und zurück. »Möchte noch jemand Tee?«, fragte sie höflich. Ihre Mutter, die Arme verschränkt, den Blick aus dem Fenster gerichtet, sagte nichts. Der Vater seufzte.

»Gern, Liebes.« Die Großmutter lächelte. Lina schenkte ihr eine Tasse ein.

Eigentlich sah sie für eine Oma noch nicht runzlig genug aus, dachte sie und stellte die Kanne wieder ab. Wie alt sie wohl war? »Was, ähm, bringt Sie denn nach Berlin?«, fragte sie schüchtern. Die fremde Frau zu duzen, fühlte sich nicht richtig an. Aber sie wollte es jetzt einfach wissen: Warum war diese Frau Mehringer, also ihre Großmutter, nach all den Jahren zu ihnen gekommen? Wo war sie davor gewesen? Sie sah doch so nett aus, warum hatte sie sich denn nie bei ihr gemeldet? Und warum um Gottes Willen sagte denn niemand etwas?!

Als die Großmutter antworten wollte, warf die Mutter ihr einen scharfen Blick zu. Die ältere Dame entschied sich gegen eine Antwort und seufzte stattdessen.

»Aber irgendjemand muss doch mal fragen«, warf Lina vorsichtig ein. »Wir können doch nicht ewig hier sitzen.«

»Ich kann sehr wohl hier sitzen und schweigen«, sagte Mama bissig. »Das habe ich schließlich von meiner Mutter gelernt.«

Der Vater griff sich an die Stirn. »Das ist doch Quatsch. Jetzt ist Mora hier, jetzt sitzen wir endlich alle an einem Tisch, jetzt reden wir auch.«

»Richtig«, sagte die Großmutter.

»Richtig«, bekräftigte Lina.

Die Mutter schwieg.

Das Ticken der Standuhr schnitt wie ein Messer durch die dicke Wohnzimmerluft.

Als der Vater Lina später ins Bett brachte, was er immer nur dann tat, wenn es der Mutter nicht so gut ging, fragte sie ihn: »Bleibt die Großmutter jetzt bei uns?«.

»Ich denke schon. Wir haben ja sowieso viel zu viel Platz hier. Sie kann in der Dachbodenwohnung wohnen.« Er dachte an die Weiterbildung seiner Frau. Das zusätzliche Geld könnten sie jetzt, wo Hanna weniger arbeitete, gut gebrauchen.

»Papa, kann ich dich was fragen?«.

»Ja, Lina?«.

»Wieso mag Mama ihre eigene Mutter denn jetzt eigentlich nicht?«.

Der Vater rieb sich die Stirn. Er war müde, es war ein langer Tag gewesen. »Lina, das verstehst du noch nicht.« Wenn er ehrlich war, tat er sich ja selbst schwer, die komplizierten Familienangelegenheiten seiner Frau zu durchschauen. »Schlaf jetzt.«

So begab es sich, dass Mora Mehringer im Hause Luft einzog und Mama Hanna nun sehr oft schlechte Laune hatte.

»Nein, alles in Ordnung«, sagte sie gereizt, wenn man sie fragte, ob alles ok sei, »sogar in *bester* Ordnung.«

Was nicht half, war, dass die Großmutter nicht alleine einzog: Im Schlepptau hatte sie Herrn Neufeld. Als ihren *Lebensabschnittsgefährten* hatte sie ihn der Familie vorgestellt.

»Es ist doch genügend Platz für uns beide da oben«, beharrte sie.

»Ich bezahle nicht für deine Marotten«, entgegnete Linas Mutter.

»Aber wir haben uns doch darauf geeinigt, dass sie Miete zahlt«, sagte der Vater.

Da waren es nun also gleich zwei neue Bewohner, die in der Sternstraße 18 für dicke Luft sorgten.

Mutterwetter

Ein paar Wochen nach dem Einzug von Oma Mora näherte man sich im Hause Luft vorsichtig einem neuen Normalzustand an. Man hatte sich arrangiert. Die Großmutter logierte nun mit Herrn Neufeld oben in der Mansardenwohnung. Murrend hatte Linas Mutter alte Kisten, die dort jahrelang Staub angesetzt hatten, in den Keller geräumt. Der Vater hatte sich, wie so oft, weitgehend herausgehalten. Arbeit.

Und Lina? Die sah gespannt dabei zu, wie die ältere Dame sich auf dem Dachboden einrichtete. Tausende Teetassen, ein grüner Ohrensessel mit farblich passender Récamiere sowie ein antiker Schminktisch voller kleiner Tübchen und Pinselchen fanden dort ihren Platz. Lina beobachte die noch so fremde Großmutter neugierig. Sie hatte sich schon ihr ganzes Leben lang gefragt, ob und wie diese Oma überhaupt existierte, wenn sie das eben leider nicht in den Worten ihrer Familie tat. Durch das Schweigen schien die Existenz dieser unbekannten Frau mehr Gewicht zu bekommen, fast echter zu werden. Es war seltsam, denn gerade weil man immer über sie schweigen musste, dachte man sie immer mit.

So hatte sich Lina sehr oft gefragt, was ihre Großmutter wohl gerade tat und noch viel öfter, was sie irgendwann einmal getan hatte, sodass alles eben war wie es war. Nämlich nicht. War sie eine böse Frau?

Ab und zu hatte Lina mit ihrem Freund Snu darüber geredet: »Was kann so schlimm sein, dass man nie wieder mit seiner Mutter sprechen will?«.

Snu zuckte mit den Schultern. »Vielleicht hat sie früher einmal der Lieblingsbarbie deiner Mutter den Kopf abgehackt.«

Lina grinste. Sie stellte sich eine gruselige Monstergroßmutter vor – mit blutbespritzter weißer Plastikschürze, Lockenwicklern und Hackebeil. Sie schüttelte den Kopf und das Bild heraus. »Aber nie wieder miteinander reden? *Nie wieder*? Man liebt doch seine Mutter, oder nicht?«. Sie spürte ein stacheliges Pieksen in ihrem Magen. Das passierte manchmal. Nämlich dann, wenn sie sich plötzlich an etwas erinnerte, das sie eigentlich ganz tief in ihren Gefühlsschrank gestopft hatte, weil sie es eigentlich nicht sehen wollte.

Linas Mutter hatte nämlich auch ein dunkles Geheimnis, genau wie die Großmutter. Das wusste aber nur Snu, Lina hatte sonst noch niemandem davon erzählt. Es war nämlich so: Lina lebte ein einigermaßen normales Leben. Sie ging zur Schule, was sie nicht mochte, aß gern Pizza, was sie wiederum sehr mochte, und las viele Bücher, was sie am liebsten tat. Am allerliebsten Abenteuerromane oder Fantasiegeschichten, in die sie sich hinein tagträumte. Ein Leben wie Ronja Räubertochter! Was wäre das schön! Immerhin hätte sie ja schon dieselbe Frisur, hatte Snu gestichelt.

In puncto Freunde sah es bei Lina eher schlecht aus. Seitdem sie es mit Ach und Krach auf das Gymnasium geschafft hatte, tat sie sich schwer. Nicht nur mit Deutsch und Mathe, sondern eben auch mit den anderen Kindern. Zum Glück verstand sie sich gut mit ihrer Mutter. Manchmal waren sie sogar wie beste Freundinnen, aber da gab es eben diese *eine* Sache.

Es war leider ein bisschen kompliziert, so wie das Universum. Lina dachte oft, dass ihre Mutter wie die Sonne war: der Mittelpunkt der Familie, warm und schön. Manchmal gab es sogar Super-Sonnen-Tage. Dann war das Leben zu Hause ein wenig wie

Disneyland, unheimlich bunt, laut und lustig. Ihre Mutter war dann wirklich ihre *allerbeste* Freundin. Sie redeten über alles, lästerten gemeinsam, hatten Spaß und machten zusammen ziemlich verrückte Dinge. Einen Kuchen frittieren, zum Beispiel. Oder als Pandas verkleidet einkaufen gehen. Einmal guckten sie auch Harry Potter Filme bis 2 Uhr morgens und spielten danach noch Quidditch mit einer Christbaumkugel. Ja, das war schon sehr lustig. Aber es gab eben auch noch diese anderen Tage. Die NaWi-Lehrerin, Frau Keller, hatte den Schülern von schwarzen Löchern im Weltall erzählt. Und Lina stellte sich das genauso vor: In ihrer Mutter gab es manchmal auch plötzlich ein schwarzes Loch, das ihre Gefühle einsaugte. Niemand wusste so genau, wohin sie verschwanden. In Linas Mutter gab es dann keine Freude mehr, kein Lachen, aber auch keine Wut, keine Traurigkeit, einfach nichts. Diese Tage und manchmal sogar Wochen waren dann sehr grau. Staubgrau.

Wenn Lina und ihr Vater es am wenigsten erwarteten, schienen sich die verloren gegangenen Gefühle der Mutter in dem schwarzen Loch zu finden und zu bündeln. Sie wurden dann mit einer solchen Wucht wieder heraus katapultiert, dass das

Universum der Sternstraße 18 erzitterte. Ein Feuerball aus Wut, Traurigkeit und Angst, der alles vernichtete, was ihm im Weg stand. Schwierige Zeiten für Lina und ihren Vater. Auch die Mutter litt unter diesen Veränderungen. Sie verstand das Weltall in sich nicht, aber sie war ja auch keine Astrophysikerin.

»Ja, grundsätzlich liebt man seine Mutter schon«, antwortete Snu schließlich, »aber ich glaube, Mütter sind nicht immer einfach.«

Lina nickte nachdenklich. Sie war bemüht, die Eigenschaften des Muttersterns zu verstehen und studierte dessen Verhalten sorgfältig. Sie erstellte kleine Stimmungsberichte wie der Mann im Fernsehen für das Wetter. Sie hoffte, irgendein Muster erkennen zu können. Denn, wenn ihre Mutter die Sonne war, durfte auch Lina scheinen. Wild sein und laut. Aber nur dann. Es war nicht einfach, vorauszusagen, ob und wann sich das Mutterwetter ändern würde. Wenn der Blick ihrer Mutter leer wurde und sich eine aschgraue Wolke über ihre sonst so strahlend grünen Augen legte, war klar: Das schwarze Loch war zurück.

Doch trotz der Wucht, mit der ihre Großmutter nun so plötzlich in der Sternstraße eingeschlagen war, gewöhnte man sich irgendwie aneinander. Das lag aber auch daran, dass jeder weitestgehend seinen eigenen Interessen nachging: Der Vater arbeitete, die Mutter war mit einer Weiterbildung beschäftigt und Lina sah aus dem Fenster. Sie liebte es, die Wolken zu beobachten, vor allem, wenn sie nach Zimt rochen. Zimt? In der Küche klapperte es. Lina machte sich auf den Weg nach unten. Ihre Großmutter stand vor dem Ofen.

»Na, Lust auf eine Zimtschnecke?«, fragte sie.

Lina zögerte. »Ok.«

»Ich habe einen echt leckeren Tee oben bei mir. Mit Löwenzahn und Kornblumen. Wir könnten eine Schnecke essen und dazu ein Tässchen trinken, wenn du magst.«

Es war der Anfang vom Anfang.

Sonnentag

Lina wurde frühmorgens von lauter Musik geweckt. Müde schlich sie in die Küche. Ihre Mutter tanzte beschwingt zu den Klängen des Radios. »Morgen, mein Schatz.« Sie strahlte ihre Tochter an. »Heute machen wir uns mal ein ultraschrilles Frühstück! Ich habe echt einen Riesenhunger! Worauf hast du Lust? Pfannkuchen? Donuts? Wiener Schnitzel? Nutellawaffeln mit Käse? Alles zusammen?«. Sie lachte und guckte in den Ofen. »Was für eine Überraschung, da backen ja schon Croissants.« Sie zwinkerte Lina zu.

Die rieb sich die Augen. »Frühstückt Papa auch mit?«.

»Dein Vater hat eine wichtige Besprechung.«

»Aber heute ist doch Samstag.«

»Ja, ist wohl eine Samstagsbesprechung. Aber davon lassen wir uns die Laune nicht verderben, oder? Du und ich? Wir machen uns heute einen wundervollen Mutter-Tochter-Tag.« Sie fasste Lina bei den Händen und wirbelte sie herum.

Lina war begeistert. Mutter-Tochter-Tage waren großartig, genauso wie frisch gebackene Croissants. »Machen wir dazu noch eine heiße Schokolade?«, fragte sie.

»Ist schon in Arbeit, mein Schatz. Ich habe sogar *noch* eine Überraschung: Heute Nachmittag gehen wir ins Schwimmbad!«.

»Oh, super.« Lina freute sich. Sie liebte es, schwimmen zu gehen. »Holen wir uns dann auch Pommes?«.

»Und einen Eisbecher hinterher, wenn noch Platz ist.« Die Mutter grinste.

Lina setzte sich an den Frühstückstisch. Die Mutter stellte ihr eine heiße Schokolade hin und stopfte noch drei große Marshmallows und fünf Gummibärchen in die Tasse. »Deine Großmutter und Herr Neufeld sind heute auch unterwegs, wir haben also alle Croissants für uns allein.«

Lina nahm einen großen Schluck. Der Kakao war köstlich. Heute war ein Supersonnentag, definitiv. Und wenn sie später sogar noch ins Bad gehen würden, großartig! Fröhlich summte sie vor sich hin. Das Leben war schön.

Am Nachmittag packte Lina ihre Schwimmsachen, zog ihr gelbes Lieblingskleid an und hüpfte in die Küche. »Ich bin fertig! Wann geht's los?«. Sie stutzte. »Mama? Alles in Ordnung?«.

Die Mutter saß am Küchentisch und hatte ihren Kopf in die Hände gestützt. Sie schluchzte leise.

»Mama, was ist denn passiert?«. Lina legte behutsam die Hand auf ihren Arm. »Geht es dir nicht gut?«.

»Doch«, sagte die Mutter mit belegter Stimme. »Alles ok, Lina. Komm wir gehen los.« Sie nahm die Badetasche und versuchte, aufzustehen. Es ging nicht.

Lina wusste sofort, dass es von höchster Wichtigkeit war, sich jetzt *richtig* zu verhalten. Wenn es ihrer Mutter nicht gut ging, konnte sie ihren Mutterjob nicht ausüben. Lina musste dann für sie einspringen.

»Ich muss nicht ins Schwimmbad. Wir können auch zu Hause bleiben. Leg dich doch ein wenig hin«, sagte Lina.

»Nein«, schniefte die Mutter. »Du hast dich doch schon so gefreut. Wir gehen jetzt.« Erneut versuchte sie, aufzustehen, sank aber wieder zurück auf den Stuhl.

»Es wird mir einfach alles zu viel.« Die Mutter vergrub ihr Gesicht wieder in den Händen. »Erst muss ich dir ein riesiges Frühstück machen und dann soll ich die Wohnung aufräumen und dann noch ins Schwimmbad. Ich bin doch auch zu dick für meinen Badeanzug.« Sie redete schneller. »Ich habe überhaupt keine Zeit für mich. Immer muss ich euch hinterherputzen und eure Wünsche erfüllen. Dabei versuche ich doch, mein Abitur nachzuholen.«

Lina wurde schwindelig, sie kam nicht mehr mit.

»Und abnehmen will ich auch. Das interessiert aber keinen. Ich komme in dieser Familie immer an letzter Stelle.«

Es war, als hätte eine unsichtbare Hand Lina links und rechts eine Ohrfeige verpasst. Ihre Wangen brannten. Sie verstand es nicht: Ihre Mutter hatte es doch selbst vorgeschlagen, schwimmen zu gehen. Das Frühstück hatte Lina ja auch nicht *verlangt*. Ihr schwirrte der Kopf. Aber sie musste sich jetzt zusammenreißen und durfte wirklich keinen Fehler machen. Sonst würde alles nur noch schlimmer werden.

»Mama, ich will gar nicht ins Schwimmbad, ich bin viel zu müde«, log sie. »Komm, wir ruhen uns ein bisschen aus.« Sie nahm die Mutter vorsichtig am

Arm und führte sie ins Wohnzimmer. Lina schaltete den Fernseher an, ihre Mutter legte sich aufs Sofa.

»Ich bin eine schlechte Mutter.« Ihre Augen wurden starr und leer.

Lina schluckte. Tapfer bleiben, dachte sie, nur nicht ans Schwimmbad denken, und versenkte ihren Blick im Fernseher.

Knusperriegel

Nachdem das Mutterwetter sich so plötzlich geändert hatte, folgten zwei graue Wochen. An einem wirklich äußerst steingrauen Freitagnachmittag waren Mutter und Tochter im Supermarkt um die Ecke gerade mit dem Einkaufen fertig geworden. Lina betrachtete die Süßigkeiten in der Auslage der Kasse. Sie waren fast dran, es war nur noch ein Mann mit einem prall gefüllten Einkaufswagen vor ihnen. Als die Mutter endlich ihre Einkäufe auf das Band beförderte, überlegte Lina, ob es in Ordnung wäre, nach einem Schokoriegel zu fragen. Sie durchforschte das Gesicht ihrer Mutter nach Wetterzeichen. So weit alles ruhig. Sie wagte einen vorsichtigen Versuch: »Mama, kann ich einen Knusperriegel haben?«. Die Mutter reagierte nicht und schaufelte weiter Zucchini, Milch und Reis auf das Band.

»Mama?«. Keine Reaktion. »Äh, Mama?«, fragte Lina etwas lauter.

»Was ist denn los?«, ihre Mutter fuhr herum. Lina sah, wie sich eine kleine dreieckige Zornesfurche zwischen den Augen ihrer Mutter entfaltete. Oh, Mist, dachte Lina, Kommando zurück.

»Ach nichts, passt schon.« Das Mädchen versuchte, unsichtbar zu werden.

»Ja, was ist denn nun? Du willst doch etwas.« Die Mutter war gestresst.

Lina probierte es noch einmal, ganz sanft und sachte: »Darf ich vielleicht diesen Schokoriegel?«.

»Was soll das?«. Die Mutter funkelte Lina böse an. »Du sprichst mit mir, als wäre ich behindert. Glaubst du, du musst hier auf Zehenspitzen um mich herumtanzen?«. Ihre Stimme wurde lauter, ein paar Leute drehten sich um.

»Nein, Mama, ich ... es tut mir leid. Ich wollte doch bloß ...«, versuchte Lina zu beschwichtigen. Die Mutter packte sie am Arm.

»Du willst Vieles.« Sie griff fester zu. »Und was ich will, das interessiert dich nicht.«

»Du tust mir weh, ich ...«.

»Jetzt bin ich wieder die Böse.« Sie ließ Linas Arm abrupt los, sackte in sich zusammen und ihre Augen wurden glasig. »Ich bin an allem Schuld, na klar. Vielen Dank auch. Du bist vielleicht 'ne tolle Tochter.«

Linas Kopf schwirrte. Zu viele Gefühle. Angst, Scham, Schuld. Sie wollte ihrer Mutter nichts Böses. Sie liebte sie doch. Aber es war nicht ok, dass Mama sie so fest anpackte - und dann auch noch vor den anderen Leuten! Ihr Kopf pochte, sie spürte Tränen aufsteigen. Sie hatte sich *falsch* verhalten. Ihr Arm schmerzte, sie würde bestimmt einen blauen Fleck bekommen.

Lina wollte das donnernde Gedankengewitter wegschieben, das ihre Welt erschütterte. Aber ihr Herz raste und ihre Hände ballten sich zu bebenden Fäusten. Sie presste die Zähne aufeinander. Sie war so wahnsinnig wüt... Nein! Sie wollte das nicht, sie durfte das nicht. Das war ein *verbotenes* Gefühl. Mit aller Kraft versuchte sie, es ganz unten in ihren Gefühlsschrank zu stopfen. Die vielen Farben des Supermarktes wurden lauter, das Piepen der Kassen stach in ihrem Kopf. Es musste aufhören, sofort! Sie musste stark sein, eben wegen ihrer Mutter. Sonst ...

Da! Auf einmal wurden die Farben blasser, die Kassen leiser. Ein samtiger, grauer Schleier legte sich über das wummernde Gefühl in Linas Kopf. Alles wurde langsamer, Gedanken und Gefühle, bis sie schließlich zum Stehen kamen und einfroren. Endlich. Dass die Welt grau und kalt wurde, das konnte Lina aushalten, nicht jedoch die flammend rote Gefühlshölle in sich.

Sturmbesegelung

»Was ist denn mit dir los, Mädel? Hast du einen Geist gesehen?«. Die Großmutter legte die Stirn in Falten, als sie der blassen Lina später in der Küche begegnete. Lina sagte nichts. Es ging nicht, denn die Bilder des Supermarktes flackerten immer noch in ihrem Kopf herum. Die rot unterlaufenen Augen ihrer Mutter. Die Hand, die Linas Arm fest umklammerte. Zu fest. Die Fingernägel, die sich in ihre Haut bohrten. Lina rang nach Luft.

»Schon gut. Du musst nicht erzählen. Willst du eine Tasse Tee? Komm mit, ich habe oben gerade welchen aufgesetzt.«

Kraftlos lief Lina ihrer Großmutter hinterher. Eine wohlige kleine Wolke aus Pfefferminz, Lakritz und Feine-Damen-Parfüm schlug ihr entgegen, als die Großmutter die Tür zu ihren Gemächern öffnete. Eine gusseiserne Teekanne stand auf dem Holzofen, der gemütlich vor sich hin kokelte.

Lina schlich mit hängendem Kopf zum grünen Ohrensessel. Die Großmutter reichte ihr eine Tasse Tee. Lina nahm einen großen Schluck. Tränen rollten langsam und leise ihre Wangen hinab, sie konnte es nicht verhindern.

»Hm, man sagt, ich war nie die beste Mutter, aber Kind, du siehst aus, als bräuchtest du jetzt dringend eine Kuscheldecke«, stellte die Großmutter fest. »Ich entreiße sie mal eben der alten Schnarchnase hier und dann kannst du dich einwickeln.«

Behutsam entwand sie Herrn Neufeld, der auf der Récamiere ein Schläfchen hielt, die Decke und legte sie Lina um die Schultern. »Besser?«. Lina nickte und nahm noch einen Schluck Tee. Vorsichtig stellte sie die Tasse auf das Nierentischchen zwischen sich und Herrn Neufeld.

Sie war fasziniert von all den Tassen, die hier oben versammelt waren. Jede hatte ein eigenes Gewand. Manche waren mit zartrosa Blüten verziert, einige hatten einen filigranen Goldrand und andere waren so dünn, dass sie aus Papier hätten sein können. Dazu gab es ein Zuckerdöschen und ein Milchkännchen, die auch beide überhaupt nicht zueinander passten.

»Gleich und gleich gesellt sich nicht, viel zu langweilig«, sagte die Großmutter, als sie Linas Blick bemerkte. »Das ist mein eklektischer Mix.«

Lina dachte, dass *eklektisch* wahrscheinlich so etwas wie *verrückt-hübsch* bedeutete. Vielleicht auch einfach *großmutterhaft*.

Sie zögerte. Sollte sie dieser Frau anvertrauen, was im Supermarkt passiert war? So gut kannten sie sich ja noch nicht. War das ihrer Mutter gegenüber fair? Lieber nichts erzählen. Oder jedenfalls nicht alles.

»Ich muss einfach besser auf Mama aufpassen«, sagte sie schließlich und wischte sich die Tränen aus dem Gesicht.

Die Großmutter legte die Stirn in Falten. Seit einigen Monaten war sie wieder mehr oder weniger Teil der Familie, aber was sie bisher gesehen hatte, bereitete ihr Kopfzerbrechen. Dass es Linas Mutter nicht gut ging, war klar. Dass das Auswirkungen auf den Rest der Familie hatte, auch.

Entschlossen stellte sie ihre Teetasse auf das Tischchen vor sich. Das Porzellan schepperte. »Lina, du musst Kurs halten.«

»Kurs halten? Was meinst du damit?«.

»Na ja, Kurs halten und Sturmbesegelung aufziehen, um genau zu sein. Wenn du mit dem Boot auf See bist und du siehst die Gewitterwolken am Horizont, musst du die Segelfläche verkleinern und weiter segeln.« Sie sah versonnen aus dem Fenster. »Ich weiß, man will sich lieber unter Deck verstecken, aber manchmal geht das nicht. Du musst dem Sturm ins Auge blicken, ob du willst oder nicht.«

In den letzten Wochen hatten sich langsam einige Geheimnisse um ihre Großmutter gelüftet: Sie war früher anscheinend nicht nur eine leidenschaftliche Seglerin gewesen, sondern verstand es auch sehr gut, leckere Kuchen und allerlei süße Teilchen zu backen. Anscheinend gab sie auch gern Ratschläge, dachte Lina. Dennoch begriff sie nicht ganz, was sie mit dem Segel-Vergleich nun eigentlich meinte.

Dass ihre Mutter der Sturm war, daran bestand kein Zweifel. Aber wie sollte das denn in der Realität aussehen, dem *Sturm ins Auge zu blicken*?

Herr Neufeld gähnte genüsslich, streckte alle viere von sich und räusperte sich. »Also, um den Sturm ins Auge zu blicken, sollte man überhaupt erst einmal segeln können.« Hoheitsvoll drehte er sich um und guckte streng von Oma zu Lina und wieder zurück. »Und wer hat überhaupt meine Decke entwendet?«.

Lina grinste. Sie stellte sich bildlich vor, wie ihre Großmutter zusammen mit dem Unteroffizier Herrn Neufeld ein Segelschiff durch den Sturm steuerte.

Wahrscheinlich würde er noch im wildesten Wind königliche Würde bewahren und seiner Kapitänin seelenruhig erzählen, wie man das eigentlich richtig macht: »Etwas mehr Steuerbord, Mora. Wir segeln *schief.*« Sie mochte Herrn Neufeld. Viel sagte er nicht, aber wenn, dann drückte er sich so herrlich verschwurbelt aus. Sie musste grinsen.

»Sehr schön, da bist du ja endlich wieder!«. Ihre Großmutter lächelte. »Es geht doch nichts über ein Tässchen Tee.«

Ein anderer Wind

Auf dem Weg von Omas Dachwohnung nach unten zählte Lina die Stufen. Elf bis in den ersten Stock. »Sturmbesegelung«, murmelte sie und öffnete die Küchentür einen Spalt. Ihre Mutter saß am Esstisch und starrte aus dem Fenster. Die Einkäufe waren noch nicht ausgepackt.

»Ähm, also ich wollte mal fragen, ob ich beim Kochen helfen kann«, fragte Lina vorsichtig. Die Mutter schwieg. Lina dachte, dass es vielleicht doch besser sei, sich in Richtung Hausaufgaben davon zu machen. Sie hatte heute definitiv schon genug Sturm abbekommen. Auf Zehenspitzen drehte sie sich zur Küchentür und der Rock ihres gelben Kleides drehte sich mit. Genau deswegen war es ihr Lieblingskleid: weil es sich so schön damit herumwirbeln ließ. Der Stoff floss um ihre Beine und fühlte sich gut an.

»Muss das sein?«. Ihr Vater kam durch die Tür und sah auf die Uhr. »Du bist keine fünf Jahre mehr alt. Die Zeiten, in denen du dich an Halloween als Ballerina verkleidet hast, sind vorbei.« Lina wurde knallrot.

»Hannes, lass sie doch«, sagte die Mutter, ohne die

beiden anzusehen. Sie seufzte schwer. »Solange sie ihre Pirouetten nach oben in ihr Zimmer zu ihrem Schreibtisch dreht und dort dann ihre Hausaufgaben macht ...«. Sie hob den Kopf und versuchte ein Lächeln in Linas Richtung.«

Es *stört* mich aber. Der Donnerberger will morgen Qualität sehen, und um Qualität zu liefern, brauche ich Ruhe, keine Möchtegern-Primaballerina. Das hier ist nicht die Staatsoper. Und für dieses kapriziöse Verhalten habe ich keine Zeit. Was gibt es zu essen?«.

Lina musste an Pizza denken, die Mutter sah ihren Mann böse an. »Vielleicht willst ja heute zur Abwechslung mal *du* kochen. Oder soll wieder ich stundenlang in der Küche stehen? Ist das dem Herren lieber?«. Es war eindeutig eine Frage, auf die die Mutter keine Antwort erwartete.

Allerdings beging Linas Vater den Kapitalfehler: er antwortete. »Essen müssen das Kind und ich aber, das ist dir schon klar? Und wieso ist die Küche denn so unaufgeräumt? Und was zur Hölle? Dieser scheiß Glitzerkleber! Lina!«. Er hätte es wirklich besser wissen müssen. Eigentlich.

Lina wusste, was nun folgen würde: Ein langer, lauter und tränenreicher Streit zwischen ihren Eltern.

Es war fast wie ein Theaterstück, der Text blieb immer gleich. Mama würde sagen: »Ich bin nicht eure Kammerzofe!« und »Ab morgen herrscht hier ein anderer Wind!«. Papa würde auf alles erwidern: »Ich hab' doch nichts gemacht« und schließlich gar nichts mehr sagen.

»Ich bin dann mal oben, Hausaufgaben und so«, sagte Lina. Schnell drehte sie sich um und machte sich aus dem Staub. Sie rannte die Treppen hoch zum ersten Stock, vorbei an Herrn Neufeld, der gerade auf dem Weg nach unten in die Küche war. Er sah sie verdutzt an. »Ich würde an deiner Stelle nicht in die Küche gehen.«, sagte sie zu ihm, »Der Sturm tobt.« Und weg war sie.

Wild wie Pinguine

Lina warf sich auf ihr Bett und schrie in ihr Kissen. »Aaarghmpfl!«. Sie wollte alles herausschreien, aber das war nicht erlaubt. Sie seufzte. Sie wollte weg, ganz weit weg. Nicht mehr hier sein, sondern woanders. Irgendwo, wo man Abenteuer erleben könnte. In einer spannenden, wundersamen Welt. Mit sprechenden Grinsekatzen und dem ein oder anderen verrückten Hutmacher. Oder wenigstens mit guten Freunden. Ein Tommi und eine Annika zum Beispiel. Ein Riesenpfirsich, in dem sie davonrollen könnte, würde es notfalls auch tun.

Sie schloss die Augen. Ein samtiger Pfirsich erschien – samt haariger Riesenraupe, die eine Pfeife rauchte. »Na? Willst du mit uns mitkommen?«, fragte die Raupe und blies eine Rauchwolke in die Luft.

»Nein, ich kann nicht«, antwortete sie, »ich muss noch Hausaufgaben machen.« Frustriert packte sie ihr Kissen und pfefferte es unter ihren Schreibtisch.

»Autsch!«. Der plüschig hellblaue Fell-Haufen, der dort vor fünf Minuten noch regungslos gelegen hatte, begann sich zu bewegen. Langsam nahm er

Form an und ein kleiner blaulila getupfter Drache erschien. Ein Paar dunkelblaue Augenbrauen zogen sich zusammen und eine Zornesfalte breitete sich auf seiner Stirn aus. Er warf Lina einen bösen Blick zu und rieb sich den Rücken.

»Du brauchst überhaupt nicht so vorwurfsvoll zu schauen.« Lina war genervt. »Geh lieber mal raus an die frische Luft oder such dir ein Hobby. Immer nur unter dem Schreibtisch verstecken, das geht doch nicht.« Lina sah den kleinen Drachen streng an.

»Ob man sich unter einem Schreibtisch versteckt oder unter einem Kopfkissen, so viel Unterschied ist da auch wieder nicht«, entgegnete Snu verschnupft und drehte ihr den lila getupften Rücken zu.

»Diva«, dachte Lina und zog ihr Tagebuch aus dem Regal. Sie schrieb:

Die Lage ist sehr angespannt. Die Bewohner der Sternstraße 18 müssen unter ihren Kopfkissen Schutz suchen, während die Erde wieder einmal erzittert. Das Muttermonster hat mit großem Gebrüll die Stadt betreten und beißt nun nacheinander allen Hochhäusern den Kopf ab. Einzig Mora Mehringer zeigt keine Angst und ordnet Sturmbesegelung an. Unteroffizier Gustav Neufeld und Lina Luft bereiten den Gegenangriff vor. Die Kanonen werden befüllt und der erste Maat Snu hält Stellung unter dem Offiziersschreibtisch. Da! Ka-Peng! Hannes Luft ist getroffen. Eine Riesenladung Glitzer ergießt sich über ihn. Das Muttermonster, unbeeindruckt von den aktuellen Geschehnissen, frisst weiterhin Häuser, während die Einwohner der Sternstraße heute ohne Abendessen ins Bett müssen.

Lina war zufrieden. Sie schloss ihr Tagebuch und nickte Snu aufmunternd zu. Der grummelte beleidigt vor sich hin. Sie kramte in ihrer Schultasche nach ihrem Deutschbuch. Sie hasste es, Aufsätze zu schreiben. Sie mochte die Struktur nicht: Einleitung, Hauptteil, Schluss. *Spannungsmaus* nannte ihre Lehrerin das. Also bitte, sie waren doch nicht mehr in der dritten Klasse. Man könnte doch mindestens eine Spannungsspinne daraus machen oder ein Spannungskänguru. Nein! Noch viel besser: einen Spannungspinguin!

Lina hatte eine unerklärliche Leidenschaft für Pinguine. Vor allem die Schopfpinguine hatten es ihr angetan, die hatten nämlich zusätzlich zu ihrer Pinguinhaftigkeit auch noch so herrliche Frisuren.

Sie schlug ihr Buch auf: Reizwortgeschichte. *Kinder, Garten, spielen, Scherben.* Lina gähnte. Sie blickte auf das leere Blatt. *Es war ein schöner Tag,* schrieb sie. *Die Kinder spielten im Garten.* Lina biss auf ihrem Füller herum. *Dort lagen Scherben.* Fast fertig, dachte sie sich. Lina hätte lieber weiter über die Abenteuer des Muttermonsters und Herrn Neufeld geschrieben, aber ihre Lehrerin war kein Fan dieser Geschichten und vor allem nicht von Herrn Neufeld.

»Lina, du sollst über das schreiben, was real ist«, hatte sie Lina gesagt. »Es macht mir doch ein wenig Sorgen, wie du deine Familie zu Superhelden und Schurken machst. Und dieser seltsame ältere Herr, mit dem deine Großmutter offenbar zusammenlebt, ist mir wirklich unsympathisch.«

Sie verstand nicht, was Frau Baumleitner gegen ihn hatte. In ihren Augen war er ein äußerst angenehmer Zeitgenosse. Und sie freute sich, dass er mit Oma zusammen eingezogen war. Linas Eltern waren nämlich meist mit allen möglichen Dingen und Undingen beschäftigt, nur nicht mit ihr.

Die Weiterbildung ihrer Mutter nahm so viel Zeit in Anspruch, dass der Kühlschrank noch nicht einmal mehr halb leer war. Und ihr Vater pflegte stets zu sagen: »Nach der Präsentation ist vor der Präsentation.« So klebten die beiden viel an ihren Bildschirmen.

Die Gesellschaft ihrer neugewonnenen Großmutter und Herrn Neufelds war Lina deswegen schnell lieb geworden. Auch wenn ihre Mutter tagelang gegrummelt und mit Oma gestritten hatte. »Du und ich unter einem Dach? Das ist doch eine Schnapsidee«, hatte sie gesagt.

Lina fragte Herrn Neufeld später, ob er wisse, was das sei, eine *Schnapsidee*. »Das ist eine Idee, die unter dem Einfluss von zu viel Alkohol, meist Schnaps, geboren wurde, daher der Name. Eine Idee dieser Art zeichnet sich meist aus durch ihre ausgesprochene Unsinnigkeit, völlige Unmöglichkeit und absolute Unerhörtheit.« Herr Neufeld rückte seine Brille zurecht und strich über seinen Streifenpulli. Er war ein wandelndes Lexikon. Immer wusste er alles.

»Lina«, tönte es von unten aus der Küche. »Bist du mit deinem Aufsatz fertig?«.

Sie betrachtete die drei Sätze, die sie bis jetzt in ihr Heft geschrieben hatte. »Fa-haast.«, rief sie, »ich brauche nur noch eine Sekunde.« Sie nahm ihren Füller und schrieb: *Die Kinder sahen die Scherben im Garten, schrien um ihr Leben und rannten wild wie Schopfpinguine zurück ins Haus. Ihr güldenes Haar wehte kaiserlich im Wind. Ende.*

Fräulein

Frau Baumleitner durchquerte mit sehr langsamen Schritten den Raum, die Arme hinter dem Rücken verschränkt. Der strenge Zopf, den sie an diesem Morgen geflochten hatte, bewegte sich nicht. Kein einziges Haar wagte es, aus der Reihe zu tanzen. Die Lehrerin schwieg bedeutungsvoll und schritt. Es war mucksmäuschenstill.

Schließlich blieb sie stehen. »Wisst ihr, was ich dieses Wochenende gemacht habe?«, ihr Blick richtete böse sich auf die Schüler. »Ich war nicht spazieren, ich war nicht im Kino und schon gar nicht habe ich die Geo-Reportage auf Arte gesehen.« Die Schüler schwiegen. »Stattdessen habe ich euere Aufsätze korrigiert. Das Ergebnis ...«, sie senkte den Kopf, zog eine perfekt geformte Augenbraue nach oben und sah die Klasse über den Rand ihrer randlosen Brille hinweg streng an. »Ja, meine Herrschaften, das Ergebnis lässt mehr als zu wünschen übrig.«

Die Lehrerin ging zum Pult und legte mit theatralischer Geste eine Hand auf den Stapel Hefte. »Glaubt ihr, mir macht es Spaß, so etwas zu korrigieren? Glaubt ihr, dafür gebe ich gerne mein Wochenende auf?«.

Lina verdrehte die Augen. Sie hasste es, wenn Lehrer das taten: überflüssige Fragen stellen, auf die keine Antwort erwartet wurde. Die Blicke von Lina und ihrer Lehrerin trafen sich. »Fräulein Luft.«

Oh, nein, dachte Lina. Scheiße.

»Dann sprechen wir gleich einmal über dein Werk.« Sie nahm das oberste Heft vom Stapel, schlug es auf und zeigte es der Klasse. »Ich glaube, wir sind uns einig, dass vier Zeilen ungenügend sind, oder möchtest du an dieser Stelle Widerspruch einlegen?«. Herausfordernd sah sie Lina an, die knallrot wurde. Frau Baumleitner las vor: »Wild wie Schopfpinguine? Güldenes Haar?«.

Lina starrte auf ihren Tisch. Sie fühlte die Augen der ganzen Klasse auf sich ruhen.

»Fräulein«, sagte die Lehrerin, »du hältst das hier wohl für einen Scherz.« Lina antwortete nicht. Ihr Herz klopfte ihr bis zum Hals.

»Deine Leistungen in Deutsch sind gerade noch *ausreichend*. Aber in der Klassenarbeit hättest du dir damit eine Sechs verdient.« Linas Hände fingen an zu zittern.

»*Span-nungs-maus*..« Frau Baumleitner betonte jede einzelne Silbe. »Deine Geschichte braucht eine Spannungsmaus. Einleitung, Hauptteil, Schluss. Hast du schon einmal etwas von Adjektiven gehört?« Frau Baumleiter sah das Mädchen wütend an. »Glaubst du, dass dich *vier Sätze* in die nächste Klasse versetzen?«.

Da! Wieder so eine unsichtbare Ohrfeige, dachte Lina.

»Das reicht nich ma für Hauptschule, Frollein«, rief Benni.

Frau Baumleitner fuhr herum. »Schluss jetzt mit dieser Impertinenz!«

Lina ballte die Fäuste unter dem Tisch. Wieso war die Lehrerin nur so gemein? Und ihre blöden Mitschüler!

»Am besten bereitest du deine Eltern darauf vor, dass du diese Klasse wiederholen musst«, fuhr die Baumleitner fort.

Zornestränen stiegen in Lina hoch. Warum hörte die blöde Kuh nicht endlich auf?

»In der Realschule wärst du besser aufgehoben.« Die Lehrerin knallte ihr Heft auf den Tisch. PENG.

Der Knall brachte das Fass zum Überlaufen. In Linas Kopf explodierte ein Gedankengewitter:

IMMER muss ich euch hinterherputzen! Dieser SCHEISS Glitzerkleber! Als wäre ich BEHINDERT! Ne TOLLE Tochter! MÖCHTEGERN-Primaballerina!

Die Worte ihrer Eltern dröhnten in ihren Ohren. Sie hörte die Mitschüler lachen, erinnerte sich an die immer lauter werdende Supermarktkasse und fühlte wieder den viel zu festen Griff ihrer Mutter am Arm. Und plötzlich rastete Lina völlig aus. Sie sprang von ihrem Stuhl auf und schrie, nein, sie brüllte all die angestauten, weggestopften Gefühle aus sich heraus. Sie schloss die Augen, hielt sich die Ohren zu und schriebrüllte der Baumleitner alles ins Gesicht. Sie wollte nicht hier sein, sie wollte nur weg, weg, weg. Das *verbotene* Gefühl floss durch ihre Adern, glühend heiß und purpurrot. Ein schönes Gefühl, es machte sie *mächtig*. Sie war bereit, der scheiß Lehrerin den Kopf abzureißen. Die stand mit aufgerissenen Augen vor ihr und bewegte sich nicht. Linas Gebrüll verebbte. Es war totenstill in der Klasse. Lina, nein, das Monster, das in Lina erwacht war, griff mit hochrotem Kopf nach dem Aufsatzheft. Ihre Lippen bebten. »*Span-nungs-maus*?«. Lina betonte jede einzelne Silbe. »Wissen Sie, wohin Sie sich ihre beschissene Spannungsmaus stecken können?«. Sie pfefferte das Heft mit aller Kraft durch das Klassenzimmer.

Jungfrauen, Schmungfrauen

»Na? Wie war es heute in der Schule? Habt ihr heute endlich den Aufsatz zurückbekommen?«, rief es aus der Küche.

Lina antwortete ihrer Mutter nicht, schmiss ihren Schulranzen in die Ecke und rannte hoch in ihr Zimmer. Sie sperrte die Tür zu, warf sich auf ihr Bett und vergrub ihr Gesicht, nein, nicht *in* ihrem Kopfkissen, sondern darunter. Nie wieder wollte sie ihr Zimmer verlassen und sie wollte auch nie wieder mit irgendjemandem sprechen. Sie wollte bis ans Ende aller Ewigkeit hier bleiben und dann sterben. Sie schloss die Augen.

Plötzlich strich eine flauschige Kuschelpfote über ihre Wange. »Na?«, fragte Snu. »So schlimm?«. Lina schniefte.

»Komm, ich bringe dich auf andere Gedanken. Ich möchte dir was zeigen«, sagte der kleine Drache. Lina hob den Kopf.

»Guck mal, ich habe mich hier unter dem Kopfkissen ein bisschen eingerichtet. Da drüben bei der etwas zerknitterten Ecke ist mein Wohnzimmer. Sehr gemütlich.« Lina seufzte, Snu fuhr fort: »Ich überlege mir übrigens auch, vielleicht einen Garten anzulegen. Ich wollte immer schon mal Tomaten anbauen. Tomatengärtner Snu ... Wie klingt das?«.

»Aber du bist ein Drache«, schniefte Lina. »Du musst doch rumfliegen, Feuer speien und Menschen Angst einjagen. Du musst doch arme Jungfrauen entführen und in Türmen einschließen.«

»Jungfrauen, Schmungfrauen. Wie klingt denn das? *Snu, der Jungfrauenentführer.* So ein Quatsch. Ich bin doch wirklich kein Schwerverbrecher. Kannst du dir das denn vorstellen? Ich mit Augenmaske, gestreiftem Hemd und viel zu weiter Hose«, Snu betrachtete sich argwöhnisch im Spiegel seines Kopfkissenwohnzimmers. »Also wirklich. Dafür habe ich viel zu schmale Hüften. Und mit Pistolen schießen will ich auch nicht, ich bin Pazifist.«

»Aber so wirst du nie ein ordentlicher Drache. Und vom Drachen-Gymnasium schmeißen sie dich auch, wenn du nicht Feuer speien kannst.«

»Was ist schon ein ordentlicher Drache? Und für wen ist das überhaupt relevant?«.

»Für die blöde Baumleitner. Und für Mama.« Lina begann zu schluchzen. »Und jetzt sagt der Direktor, dass Mama in die Schule kommen muss. Weil ich, naja ...«. Lina versagte die Stimme. Sie wischte sich mit dem Handrücken die Nase ab. »Also irgendwie bin ich selbst zum Drachen geworden und hätte der Baumleitner fast den Kopf abgebissen.«

»Ach, du liebe Güte! Was machen wir denn jetzt mit dir?«. Snu legte seine flauschige Stirn in Falten. »Pass auf, du ziehst zu mir. Unter das Kopfkissen. Platz genug für uns beide gibt es.«

Während Lina oben den Umzug erwog, klingelte unten das Telefon. Ihre Mutter ging ran. Schrill schallte es durch das Haus: »SIE HAT WAS?!«.

Ticktack

Tags darauf herrschte eisige Winterstimmung am Frühstückstisch. Lina kam sich fast selbst vor wie ein Pinguin. Niemand sagte ein Wort. Das Mädchen saß schweigend vor ihrem Müsli, die Mutter trank schweigend ihren Kaffee, der Vater aß schweigend seine Nussschnecke und versteckte sich hinter dem Wirtschaftsteil der Zeitung. Sieben Uhr zehn. Lina hörte den Sekundenzeiger der großen Küchenuhr. Ticktack, ticktack. Der Vater blätterte eine Seite um. Tick. Die Mutter rührte in ihrem Kaffee. Tack. Beide würdigten Lina keines Blickes. Sieben Uhr elf. Noch nie hatte das Müsli so scheußlich geschmeckt wie heute, es waren Rosinen darin. Lina hatte keinen Hunger, aber da musste sie jetzt durch, denn ihre Mutter war nach dem Telefonat mit dem Direktor am Vortag zu einer Bombe geworden. Würde Lina sich jetzt *falsch* verhalten, würde sie diese Mutterbombe auslösen und zur Explosion bringen. Dabei war immer die Frage: Was genau war das falsche Verhalten?

Lina hatte im Kopf eine doch nicht ganz kurze Liste angefertigt: Manchmal war es Lachen an der falschen Stelle, dann ein falscher Gesichtsausdruck (zum Beispiel verwundert statt fröhlich) oder der falsche Tonfall. Mehr noch, man musste auch stets mitbedenken, wie es der Mutter gerade ging: War sie gestresst? Hungrig? Müde? Wie viel Schokolade hatte sie an diesem Tag schon gegessen? All dies machte sie dann noch empfindlicher. Es war eine komplizierte mathematische Rechenaufgabe.

»Möchtest du etwas sagen, Lina?«, ihre Mutter sah sie scharf an.

»Nein, ich ... geh dann mal in die Schule.«

»Es ist noch viel zu früh. Dein Bus kommt erst in zwanzig Minuten. Iss erst einmal dein Müsli auf.« Diesmal wich der Blick der Mutter nicht von Lina.

Tick. Lina hob mühsam den Löffel und steckte ihn in Zeitlupe in ihren Mund. Tack. Sie kaute auf den trockenen Rosinen herum und es schüttelte sie. Sie wusste genau, dass sie keine Wahl hatte. Der Rosenkohl-Vorfall von vor drei Jahren steckte ihr noch in den Knochen.

Damals hatte Lina beim Mittagessen die kleinen grünen Kugeln übrig gelassen. Sie schmeckten furchtbar. Es war das *falsche* Verhalten gewesen. Man kann sich ja denken, was dann passiert ist. Die

Mutter sprach von »kapriziösem Benehmen« und darüber, wie schlecht Lina sich ernähre. Sie machte ihre Tochter ordentlich rund und am Ende war man wieder bei »Kammerzofe« und »ab morgen weht hier ein anderer Wind« angelangt. Lina musste sitzen bleiben, bis der ganze Rosenkohl fertig aufgegessen war. Alle elf Kügelchen. Bis abends, halb sechs. Das vergisst man nicht so schnell.

Tick. Sieben Uhr vierzehn. Tack. Tapfer steckte sie sich Löffel um Löffel in den Mund.

Null Komma Null Null

»Wir müssen sehr früh die Weichen stellen. In der heutigen Welt haben wir ein enorm schnelles Tempo«, sagte Herr Obermüller und blickte zu Lina, ihrer Mutter und dann auf seine Armbanduhr. »Da bleibt leider nicht mehr viel Zeit zum Tagträumen.« Der Direktor legte die Stirn in Falten, verschränkte die Arme und lehnte sich weit in seinen Sessel zurück. Sein Blick fiel auf den rechten Ärmel seines weißen Hemdes. Es spitzte keck unter dem admiralsblauen Jackett seines Anzugs hervor. Entschlossen zog er ihn zurecht. So ging das ja nicht!

Herr Obermüller war ein korrekter Mann, und so machte er alles, was er tat, auch auf die korrekte Art und Weise. Jeden Abend nach dem Zähneputzen, was genau zwei Minuten und dreißig Sekunden dauerte, nicht eine Sekunde länger oder kürzer, legte er seinen Anzug für den nächsten Tag bereit. Er hatte fünf, einen für jeden Tag seiner Arbeitswoche und einen für spezielle Anlässe. Heute war Mittwoch, das hieß, der dunkelblaue Anzug war an der Reihe. Er mochte ihn. Liebevoll strich er über den Stoff, dann wandte er sich wieder Lina und ihrer Mutter zu. »Frau Luft, es geht hier um Kernkompetenzen. Lesen, Rechnen und eben und vor allem auch Schreiben. Ganz zu schweigen von den *Soft Skills*. Für das Berufsleben unabdingbar. Damit muss man so früh wie möglich beginnen.« Er fuhr sich über seine gegelten schwarzen Haare. »Der Vorfall neulich ...«, Herr Obermüller sah Lina eindringlich an, »zeigt nicht nur einen Mangel an Respekt vor dem Lehrkörper, er ist auch Symptom eines tieferliegenden Problems ihrer Tochter.« Der Direktor seufzte zufrieden. Was für eine Rede! Heute war ein guter Tag. Er lächelte.

Linas Mutter schoss zarte Röte in die Wangen. »Ja ... also, ach so.« stammelte sie verlegen. Sie wollte ihre Tochter verteidigen, aber sie mochte auch Männer in Anzügen. Besonders solche, die so selbstbewusst waren wie der Herr Direktor ihrer Tochter. Insgeheim wünschte sie sich, dass ihr Hannes zu Hause doch auch so souverän wäre und lächelte zurück.

Lina verdrehte die Augen. Das durfte doch nicht wahr sein! Himmelte ihre Mutter diesen schmierigen Obermüller an? Lina hatte gehofft, dass ihre Mutter für sie Partei ergreifen und dem Direktor einfach sagen würde, wohin er sich das tieferliegende Problem ihrer Tochter stecken könne. Aber sie war heute nicht auf ihrer Seite.

»Und was ist das Problem, also aus pädagogischer Perspektive?«, fragte die Mutter. Besorgt blickte sie zu Lina und strich ihr eine Strähne hinter das Ohr.

»Mensch, Mama«, knurrte die und schob die mütterliche Hand weg, um sich sofort die Strähne wieder ins Gesicht zu ziehen.

Herr Obermüller schwieg. Nach einer gefühlten Ewigkeit setzte er an: »Sehen Sie, Frau Luft ...«, erneut machte er eine Pause. Er fühlte sich mächtig, fast wie ein König. Der Mittwochsanzug war ein guter Anzug. Er holte tief Luft. »Lina hat ein Problem damit, Autoritäten anzuerkennen.«

»Autoritäten«, stammelte die Mutter.

»Genau, da sind wir ja einer Meinung. Das junge Fräulein scheint mir zudem sehr in ihrer eigenen Welt verhaftet zu sein.«

Peng. Da war es wieder, *Fräulein*. Lina verdrehte die Augen.

Die Mutter war besorgt. »Wie meinen Sie das?«.

»Keine Freunde, kaum Unterrichtsbeteiligung, dann diese Tagträumerei. Lina muss sich dringend in die

Außenwelt vorarbeiten – und zwar in die reale Welt. Im Klassenzimmer wie auf dem Pausenhof. Sonst bleibt sie übrig.«

Die Mutter wurde panisch. »Übrig?«. Sie riss die Augen auf.

Vor Linas Augen erschien ein leer geräumtes Regal im Supermarkt. Darin eine zerknautschte Linapuppe, die schon Fäden zog und komisch roch. *Supersonderangebot! Heute für nur 1,49€.* Wollte trotzdem keiner.

Herr Obermüller blickte Lina streng an: »Studien zeigen, dass Einzelgänger nicht gut performen. Wer sich nicht integrieren kann, hat keinen Erfolg. Das gilt auch für das Abitur. Sie wissen, was das für die Zukunft ihrer Tochter bedeutet. Sie wollen doch sicher, dass Lina es einmal *zu etwas bringt*, nicht wahr?«.

Der Satz tat Lina weh. Reichte es nicht, einfach Lina zu sein? Zu was sollte sie es denn bringen? Was sollte das überhaupt bedeuten?

Die Mutter dagegen nickte eifrig. »Natürlich soll sie es einmal zu etwas bringen.« Nervös rutschte sie auf ihrem Stuhl herum. Sie selbst hatte kein Abitur, sie hatte die Schule davor abgebrochen. Abbrechen müssen. Sie wollte nur die beste Zukunft für ihre Tochter, das war klar.

Herr Obermüller lächelte sie an. Ihre Wangen wurden noch eine Spur röter. »Die gute Nachricht ist: Noch ist es ja nicht so weit. Lina hat noch Zeit, bis die endgültige Entscheidung über die Versetzung in die nächste Klasse gefällt wird. Da kann noch einiges passieren.«

»Und wie kann ich Lina helfen, wie kann ich sie bestmöglich unterstützen?«. Hanna Luft dachte an ihre Weiterbildung, den Haushalt, ihren Job. Wie sollte sie noch Zeit für die Hausaufgabenbetreuung ihrer Tochter finden?

»Ich schlage Ihnen Folgendes vor, Frau Luft: Lina wechselt in die Ganztagsklasse.«

»Was? Wie? Jetzt? Während des Schuljahres? Aber die Klasse ist doch voll.«

»Ein Platz ist kürzlich frei geworden, es sind nun einmal nicht alle Schüler für das Gymnasium geeignet. Und Sie stehen inzwischen ganz oben auf der Warteliste. So fügt sich doch alles zusammen, nicht? In der Studierzeit am Nachmittag wird Lina gezielt an ihren Problemfeldern im Bereich Deutsch arbeiten können. In Mathe läuft es ja auch nicht wirklich rund. Und für Sie ist das dann auch eine

Entlastung. Beim letzten Schulfest hatten Sie mir ja von Ihrer Weiterbildung erzählt, richtig?«.

Die Mutter wurde knallrot. »Richtig.«

»Eine Frau wie Sie hat ja mehr im Leben als nur einen Haushalt zu führen, nicht?«.

Lina wollte kotzen. Aber sie fragte sich auch, ob der schleimige Obermüller vielleicht gar nicht so doof war. Wenn es wirklich eine Chance gäbe, auf dem Gymnasium zu bleiben, dann eher ohne Mamas Unterstützung. Allerdings hieß Ganztagesklasse auch weniger Zeit mit der Großmutter.

»Sehen Sie, ein Klassenwechsel wird Lina helfen, Freunde zu finden. Gerade hat sie wohl nicht sehr viele.«

Genau Null Komma Null Null, dachte Lina.

Herr Obermüller sah in seine Unterlagen. »Ich würde vorschlagen: Wechsel in die Parallelklasse, gleich ab Montag. Tatsächlich haben wir hier auch einen neuen Klassenlehrer, das passt ganz gut. Herr Weiss geht in Elternzeit und wir bekommen einen Neuzugang.«

»Klingt doch nicht schlecht«, sagte die Mutter und nickte Lina aufmunternd zu.

Herr Obermüller wandte sich an Lina: »Eine weitere Aufgabe für dich wird sein, Freunde zu finden. Richtige Freunde, *echte* Freunde.« Der Direktor sah sie übertrieben freundlich an. »Na, Lina? Was meinst du?«.

Lina beschloss, dem Experiment eine Chance zu geben. Schlimmer konnte es ohnehin nicht kommen.

»Ja, ok«, sagte sie leise.

»Prima!« Der Direktor strahlte. »Dann hätten wir das erledigt.«

Halb vier

Linas Tage wurden länger. Der Unterricht der Ganztagsklasse endete um halb vier, danach blieb sie manchmal noch in der Betreuung bis abends um sechs. Mama musste sich ja auf die Weiterbildung konzentrieren und Papa arbeitete sowieso immer.

»Das ist richtig gut für dich«, versuchte die Mutter Lina aufzumuntern. »Und denk dran, was Herr Obermüller gesagt hat: Freunde finden.«

Ohne Widerworte hatte Lina akzeptiert. Sie wusste, es hätte keinen Sinn gehabt, sich zu weigern. Und wenn sie ehrlich war, freute sie auch ein ganz kleines bisschen, dass sie nicht zu Hause sein und mit Mamas Wolkentagen klar kommen musste. Nur um die Großmutter tat es ihr leid. Die weniger werdenden Nachmittage mit ihr und Herrn Neufeld begannen zu ziepen. Das war doch ihr Glück gewesen.

»Und das muss man pflegen«, hatte die Oma gesagt. »Glück ist wie eine Pflanze. Viele Leute denken, sie gehen ins Möbelhaus und kaufen sich einen Benjamin. Den stellen sie dann einfach ins Wohnzimmer und wundern sich, wenn er wütend die

Blätter abwirft. Man muss ihn eben gießen, mit ihm sprechen. Gucken, wo er sich wohl fühlt. Ihn auch ab und zu ein bisschen streicheln. Glück ist nicht einfach zu finden – schon gar nicht in Aktentaschen. Sag das mal deinem Vater.«

Lina kicherte. Diese Oma war schon ein wenig verrückt.

»Ein wenig?«, Herr Neufeld zog die rechte Augenbraue in bedenkliche Höhen. »Deine liebe Großmutter ist schrullig-wunderlich ... im allerbesten Sinne, versteht sich.«

Zu Hause nach dem Abendessen fiel Lina nun meist todmüde ins Bett. Vor dem Schlafengehen fragte ihre Mutter dann jedes Mal mit einem breiten Lächeln: »Wieder viel geschafft heute?«.

»Ich frage mich, warum Mama in letzter Zeit so gute Laune hat«, murmelte Lina, als sie am Wochenende auf Omas Récamiere saß.

Herr Neufeld blickte von der Zeitung auf, die er gerade eingehend studiert hatte: »Die gute Laune deiner Mutter scheint direkt proportional mit deiner Abwesenheit zusammenzuhängen.«

Die Großmutter dachte nach. »Vielleicht hat es damit zu tun, dass deine Mutter sich bald wieder mit Herrn Obermüller treffen muss, um deinen Fortschritt zu diskutieren.« Mit einem schelmischen Lächeln knetete sie Teig in einer Schüssel. Wie ähnlich sie doch Mama sieht, dachte Lina.

»Mora, setz' deiner Enkelin doch keine Flausen in den Kopf.« Herr Neufeld blickte sie vorwurfsvoll an.

Die Großmutter schmunzelte. »Wir sind alle nur Menschen, nicht wahr?«. Sie sah Herrn Neufeld zärtlich an.

Ob ihre Mutter nun in den Obermüller verknallt war oder nicht, war Lina eigentlich ziemlich egal. Solange sie nur nicht den ganzen Tag über ihrer Schulter hing und die Hausaufgaben kontrollierte, war sie schon zufrieden. Überhaupt waren all die Änderungen, die ja so dramatisch angekündigt worden waren, bis jetzt gar nicht so übel. Die neue Klasse zum Beispiel.

Möpse

Der erste Tag war nervenaufreibend gewesen: So langsam sie konnte, ging Lina zu ihrem neuen Klassenzimmer. Es war sieben vor acht. Prima, dachte sie, dann habe ich noch Zeit. In sicherer Entfernung zum Klassenraum blieb sie auf dem Gang stehen. Sie musste sich erst an die Situation gewöhnen, wollte erst einmal beobachten. Natürlich hatte sie den ein oder anderen Schüler der Parallelklasse schon einmal gesehen, nachdem sie auf das Gymnasium gewechselt war. Aber wirklich kennen, das war eine andere Sache.

Eine Gruppe Schülerinnen betrat fröhlich plaudernd das Klassenzimmer. In der Mitte ein hübsches rothaariges Mädchen. Die anderen schienen sie ein wenig anzuhimmeln. Als Nächstes schlurfte ein griesgrämig dreinblickender Junge mit Schirmmütze an ihr vorbei, gefolgt von einem Schüler mit kurzen schwarzen Haaren, schnellem Schritt und türkiser Brille. Zwei ziemlich laute Jungs in Sporttrikots marschierten an Lina vorbei, sowie ein etwas schmächtiger Junge, der ein dickes Buch unter dem Arm trug. Er blickte auf, sah Lina und nickte ihr freundlich zu, bevor er die Klasse betrat.

Sie atmete tief ein und aus. Ein Trick, den sie von der Großmutter gelernt hatte. »Das beruhigt«, hatte sie ihr ins Ohr geflüstert, als sie sich heute Morgen von ihr verabschiedet hatte.

»Ich mache auch immer Atemübungen, wenn ich nervös bin«, brummte eine tiefe Stimme neben ihr. »Tatsächlich mache ich gerade *jetzt* Atemübungen.« Lina sah auf. Neben ihr stand ein großer, kräftiger Mann mit Bart und Aktentasche. Er lächelte freundlich.

»Du bist bestimmt Lina Luft, richtig?« Lina nickte. »Ich bin Herr Hummel.« Lina musste grinsen. Sie schloss die Augen und sah, wie ihm zwei Flügel aus dem Rücken wuchsen und gigantische Blütenkelche neben ihm aus dem Boden schossen. Sie kicherte.

»Ja, ja. Ein großartiger Name für einen Lehrer.« Er lächelte immer noch. »Und nein, ich trage privat weder schwarz-gelbe Pullis noch habe ich Flügel, die ich mir in meiner Freizeit anklebe.« Er sah auf die Uhr. »So wie ich das verstanden habe, fangen wir heute beide in der A-Klasse an. Ein bedeutsamer Tag.« Er wies behutsam in Richtung Klassenzimmer. »Nach dir.«

Lina holte noch einmal tief Luft und ging los. Als sie das Klassenzimmer betrat, war sie überrascht. Es war groß und hell. Wie schön! Herr Hummel folgte ihr in den Raum.

»So, Leute, jetzt kommen wir mal langsam zur Ruhe.« Er legte seinen Rucksack auf das Pult und nahm ein Stück Kreide. »Ich bin euer neuer Klassenlehrer, Herr Hummel.« Er schrieb seinen Namen an die Tafel. »Und das hier«, er zeigte auf Lina, die immer noch etwas unschlüssig vor der Klasse stand, »ist Lina. Ihr habt sie bestimmt schon einmal gesehen, sie ist aus der B-Klasse zu uns gewechselt. Glückwunsch, Lina. Wie ich in meinen Unterlagen sehe«, er schlug sein Notizbuch auf und fuhr mit dem Finger über die Seite, »seid ihr gar keine so üble Klasse. Herr Weiss hatte viel Gutes über euch zu berichten.« Er blickte sich um. »Na, dann. Lina möchtest du kurz etwas über dich erzählen?«. Linas Mut sank. Gerade noch hatte sie sich wohl gefühlt, fast glücklich, was in der Schule eigentlich nie der Fall war, und jetzt sollte sie hier vor der Klasse etwas über sich erzählen. Ein falsches Wort, *das falsche Verhalten* und sie war für immer unten durch. Sie sah hilfesuchend zu Herrn Hummel.

»Ach so, na, das ist jetzt vielleicht ein bisschen doof, so auf dem Präsentierteller. Pass auf, ich schlage euch was vor. Lina, du setzt dich erst einmal dort hin«, er zeigte auf den leeren Platz neben dem Jungen mit den schwarzen Haaren und der türkisen Brille. »Und dann erzählen wir alle einen kurzen *Fun Fact*, also etwas Lustiges, Ungewöhnliches über uns. Vielleicht habt ihr ja ein besonderes Hobby oder ihr habt einmal etwas ganz Seltsames erlebt?«.

Die Schüler warfen einander skeptische Blicke zu. Fun Fact? Hatte der sie noch alle?

»Also, ich fange einfach mal an. Dann könnt ihr euch auch was drunter vorstellen«, fuhr der Lehrer fort. »Eigentlich«, begann er, »wollte ich einmal Pilot werden. Aber ich habe eine Rot-Grün-Sehschwäche, dann ist das nicht erlaubt. Dafür betreibe ich jetzt eben hobbymäßig Segelfliegen. Macht mich auch glücklich.«

Die Jungs mit den bunten Sporttrikots grunzten beeindruckt. Dieser neue Lehrer schien keine halben Sachen zu machen. Möglicherweise war er gar nicht so übel.

»So, dann beginnen wir hier links vorne. Einmal Name, bitte, und einen Fun Fact dazu.« Die Schüler erzählten, Herr Hummel machte sich Notizen.

Einer besaß eine Tarantel namens Isolde, die nächste sprach zu Hause mit ihren Eltern nur Tamil. »Ich habe Jürgen Klopp schon einmal die Hand geschüttelt«, erzählte Luca, einer der Jungen im Sporttrikot. Sein Kumpel Deen sagte: »Ich würde wahnsinnig gern mal an einer Mathe-Olympiade teilnehmen.« Er wurde rot. Das hübsche rothaarige Mädchen eine Reihe weiter drehte sich überrascht um. Deen wurde noch röter. Luca knuffte ihn in die Seite. »Echt, Alter, wie jetzt? Mathe-Olympiade? Du bist ja krass. Voll der Nerd!«. Es gab weiterhin einen Eiskunstläufer, eine Hälfte eines eineiigen Zwillings und eine Mops-Mutti. So stellte sie sich jedenfalls vor. »Also, eigentlich heiße ich Mimi. Aber ich habe eben zwei Möpse und die sind richtig groß.«

Deen und Luca prusteten lauthals los und Herr Hummel bemühte sich doch sehr, seine zuckenden Mundwinkel unter Kontrolle zu behalten.

»Aber das sind wirklich große Möpse.«, sagte Mimi entgeistert. »Als ich sie bekommen habe, waren sie noch ganz klein, die sind in den letzten Monaten echt viel gewachsen.« Die Klasse brach in schallendes Gelächter aus. Mimi verstand die Welt nicht mehr. »Soll ich sie euch mal zeigen? Ich habe Fot…«.

»Mimi! Vielen Dank. Das wird nicht nötig sein«, unterbrach sie Herr Hummel.

Nach einer kleinen fünfminütigen Lüftungs- und Beruhigungspause ging es weiter.

Der schmächtige Junge mit dem dicken Buch von vorhin war nun an der Reihe. Davor fürchtete er sich seit einer halben Stunde. Er hasste es, vor der Klasse sprechen zu müssen. Es war ihm furchtbar unangenehm, wenn alle Blicke auf ihn gerichtet waren. Konzentriert sah er auf den Boden. »Name: N-N-Nepomuk.« Er machte eine Pause und holte tief Luft. »Berufswunsch ...«, er klopfte sich zweimal leicht mit der Faust auf die Brust, »Astronaut.« Er seufzte erleichtert. Das war gerade nochmal gut gegangen.

Als Nächstes war der Junge neben Lina dran. »Ich heiße Suse und möchte Bundeskanzlerin werden.« Lina drehte überrascht den Kopf nach rechts. Doch, ja, es war ein Mädchen. Sie hatte sich von den kurzen Haaren und dem Hemd täuschen lassen.

»Super!«, Herr Hummel war begeistert. »Meine Stimme bekommst du.«

»Wollen Sie nicht erst mal ihr Wahlprogramm hören?«, fragte der Junge, der vorhin so griesgrämig drein geguckt hatte. Seine Miene hatte sich etwas aufgehellt. »Kann ja sein, dass die Suse bei so 'ner beknackten Partei ist, die Foltermethoden benutzen will oder Fußball besteuern.«

»Oder blaue Anzüge für alle als Schuluniform einführen«, murmelte Lina halblaut, »... wie in der berühmt-berüchtigten Obermüller-Über-Alles-Partei.« Sie sah ganze Armeen kleiner Obermüllers mit blauen Anzügen und randlosen Brillen vor sich her marschieren. Gelächter riss sie aus ihren Gedanken. Lina wurde heiß. Das Blut stieg ihr in den Kopf. Hatte sie das wirklich gerade laut gesagt? Scheiße. Und nun war sie auch noch an der Reihe. Ihr Herz schlug schneller, ihre Schultern verkrampften, hilfesuchend blickte sie wieder zu Herrn Hummel.

»Ja, Lina«, sagte der Lehrer, »wie es scheint, magst du blaue Schuluniformen und unseren Herrn Direktor.« Wieder Gelächter, auch Lina musste zu ihrer eigenen Überraschung lachen. Sie entspannte sich.

»Richtig, Herr Hummel. Außerdem noch Pinguine, Tanzen und in meiner Freizeit koordiniere ich außerdem die schrittweise Einführung der blauen Anzüge für die Obermüller-Über-Alles-Partei. Ich bin nämlich die Parteivorsitzende.« Sie wandte sich

Suse zu. »Freut mich, Frau Bundeskanzlerin.« Sie gab ihr die Hand. Die Schüler johlten. Linas Wangen glühten, sie konnte das Blut in ihren Ohren rauschen hören. Ob das erlaubt war? So frech zu sein? Sie fragte sich, wer wohl diese Person war, die da auf ihrem Platz saß. Die Lina Luft jedenfalls, die sie kannte – die brave, nette, stille – die war nicht hier. Es war ihr irgendwie total peinlich, fühlte sich gleichzeitig aber auch berauschend an. Suse jedenfalls schien sich überhaupt nicht an dieser frechen Lina zu stören, im Gegenteil. Sie zog Linas Hausaufgabenheft zu sich herüber. Unter deren Namen schrieb sie in krakeliger Schrift: »Tänzerin und OÜAP-Vorsitzende.« Sie schob es zurück zu Lina und grinste breit.

Licht aus, Trompete an

Liebes Tagebuch, schrieb Lina. *Die Tage als Parteivorsitzende sind lang, aber nicht übel. Man hat so viel zu tun, dass kaum Zeit für die kapriziösen Launen des Muttermonsters bleibt. Frau von Welt Oma-Mora strickt wie wild Schals für Herrn Neufeld und von Papa Luft fehlt jede Spur. Man vermutet ihn in den Fängen des Schurken Dietmar Donnerberger, der ihn höchstwahrscheinlich im Keller eingesperrt hat. Mit einer schweren Eisenkette um den Hals muss er dort für schicke Menschen mit Aktentaschen eine Präsentation nach der anderen halten. Die Armen! Wenn die rausfinden, das man Glück nicht in Aktentaschen findet, dann ist bestimmt die Hölle los.*

Ihre Mutter kam zur Tür herein, in der Hand Linas Deutschheft. »Warum hat denn der Hummel deine Hausaufgaben mit *lila* korrigiert?«.

»Der ist farbenblind«, antwortete Lina und kaute auf ihrem Stift herum.

»Also ich weiß nicht, ich finde das ehrlich gesagt etwas unorthodox.« Mama rümpfte die Nase.

Wie Oma sieht sie manchmal aus, dachte Lina, während sie ihre Mutter betrachtete. »Ich mag lila«, sagte sie.

»Na ja, ich weiß ja nicht.« Ihre Mutter druckste herum. »Sag mal, hast du denn schon ein paar Freunde in deiner neuen Klasse gefunden? Herr Obermüller meinte ja, dass ...«.

»Ja, ja, ja. Mama. Das dauert länger als zwei Wochen. Oma sagt, dass das sogar ein ganzes Leben dauern kann.«

»Die Ansichten deiner Großmutter spielen hier keine Rolle.«

Lina verdrehte die Augen. Warum konnten die beiden sich bloß nicht vertragen? »Wo ist eigentlich Papa?«, fragte sie.

»Überstunden«, sagte Mama.

Angekettet, dachte Lina.

Die Mutter sah auf die Uhr. »Zeit fürs Bett. Licht aus.«

Lina schloss ihr Tagebuch und schob es unter das Kissen. Sie machte das Licht aus und zog sich die Decke bis zum Hals. »Nacht, Mama.«

»Schlaf gut.« Die Mutter schloss die Tür. Sie seufzte. Ob aus dem Kind je etwas werden würde? Sie hatte diese Chancen nie gehabt. Jetzt arbeitete sie hart dafür, ihren Abschluss nachzuholen und was tat Lina? Vergab eine Chance nach der anderen. Das Mädchen wusste ja gar nicht, wie gut sie es hatte. Sie schüttelte den Kopf und beschloss, sich eine heiße Schokolade zu gönnen. Mit extra Schlagsahne.

Auf der anderen Seite der Tür wartete Lina zwei Minuten, bis die Schritte ihrer Mutter verhallt waren. Sie holte ihr Tagebuch wieder hervor und knipste ihre Trompete an. Trompete?

»Also wirklich! Das ist eine Taschenlampe, keine Trompete«, Snu streckte seinen Kopf unter dem Kopfkissen hervor. »In welches Wunderland hast du dich denn schon wieder hinein geträumt?«.

Lina lächelte. »Hallo Snu.«

»Sehe ich das richtig«, fragte Snu, »dass hier heute Abend so was wie eine Castingshow läuft? Lina Luft sucht einen *BFF*?«.

»Sehr richtig sogar. Darf ich präsentieren? Die Kandidaten.«

Snu hüpfte aufgeregt auf und ab. »Oh, oh, oh, einen Moment, ich muss kurz noch was holen.« Er verschwand unter dem Kopfkissen.

»Ok, aber beeil dich«, sagte Lina und begann, einige Namen in ihr Tagebuch zu schreiben: Suse,

Nepomuk und der Griesgram, Ivo. Sie überlegte kurz. Doch, ja, diese drei waren ihr sympathisch gewesen.

Snu kam wieder unter dem Kissen hervor, in der Pfote eine Tüte Popcorn. Er machte es sich gemütlich. »So, jetzt können wir endlich loslegen.« Erwartungsvoll steckte er sich eine Hand Popcorn in den Mund.

»Kandidatin Nummer eins ist Suse«, sagte Lina.

»Dapf ift die mit der Bfiwwe«, mampfte Snu. Er sah sie fragend an. »Die Pfundeffkanpflerin?«.

»Genau, Brille und Bundeskanzlerin.«

Snu schluckte. »Ehrgeizig«, stellte er fest. »Eine Frau, die weiß, was sie will.«

»Außerdem ist sie lustig *und* gut in der Schule«, fügte Lina hinzu.

»Prima, die kann dann ja deine Hausaufgaben machen!« Snu steckte sich mehr Popcorn in den Mund. Er streckte seinen Drachendaumen nach oben. »Genehmigt! Oder gibt es da irgendwelche dunklen Geheimnisse in ihrer Vergangenheit? Bei Politikern muss man da aufpassen.«

»Quatsch! Bei Suse doch nicht. Die ist astrein. Ok, nächster Kandidat! Nepomuk.«

Snu horchte auf. »Ist das auch ein Drache?«

Lina dachte nach. Ja, vielleicht war Nepomuk, der künftige Astronaut, eine Art Drache: Heute hatte Herr Hummel ihn in Deutsch nach einem Beispiel für ein zusammengesetztes Nomen gefragt.

»ICH BIN EINE ORANGE«, schrie Nepo als Antwort und klopfte zweimal auf den Tisch.

Lina hatte sich total erschrocken. Was war denn bitte jetzt kaputt? Einige Schüler lachten.

»HURENSOHN!«, legte Nepomuk nach.

Herr Hummel rückte sich die Brille zurecht und blieb gelassen. »Ja, technisch gesehen ist das ein zusammengesetztes Nomen, richtig.« Er wandte sich der Klasse zu. »Aber es hängt stark vom Kontext eines Gesprächs ab, wann man es gebraucht ... und vielleicht sogar noch mehr vom Charakter des Gesprächspartners.«

»Wah ... «, sagte Nepomuk. Er wirkte erschöpft.

Lina hatte sich sehr gewundert. Was war bloß los mit ihm? Er war doch sonst so schüchtern, ruhig und zurückhaltend.

Es stellte sich heraus, dass Nepomuk eine Krankheit hatte, die ihn nicht Feuer, sondern Wörter speien ließ. Oft ganz schön schlimme. Dazu kamen auch kleine, manchmal seltsam scheinende Bewegungen wie das auf den Tisch Klopfen. Hin und wieder pfiff er auch eine Melodie, die Lina ein wenig an R2-D2 erinnerte.

»Ja«, sagte Lina zu Snu, »Nepomuk ist auch ein Drache, ein Tourette-Drache.« Das war der Name der Krankheit. Lina fand, *Tourette* klang wie der Name eines französischen Mädchens, das auf einem verwunschen Schloss im Wald lebte.

»Super, ich mag ihn schon jetzt«, freute sich Snu. Lina mochte ihn auch. Viel gesprochen hatte sie noch nicht mit ihm, aber sie hatte nicht vergessen, wie freundlich und aufmunternd er ihr an ihrem ersten Tag in der neuen Klasse zugenickt hatte. Deshalb hatte sie ihn auch auf die Liste gesetzt.

»Sonst noch jemand? Gibt es da nicht noch dieses hübsche Mädchen?«, fragte Snu.

»Brooke-Lynne«, antwortete Lina.
»Moment, ich muss mal kurz was nachschauen«, Snu kramte in seiner Hosentasche, holte sein Handy hervor und studierte den Bildschirm. Er sah Lina entgeistert an. »Ich wusste es. Sie heißt wie ein Stadtteil. Wie geht denn bitte sowas?«.

Lina dachte nach. »Sie ist ziemlich cool. Aber ich glaube, sie hat schon genug Freunde.«

»Ok, Idee: Wir benennen dich jetzt um. *Wedding Luft.* Oder wie wäre es mit *Charlotte N. Burg-Luft.* So wirst du mit Sicherheit international Karriere machen. Meine Damen und Herren, heute tanzt für sie Schwanensee die allseits bekannte Primaballerina *Lichtenberg Luft*.« Snu hielt sich den Bauch vor Lachen.

»Du Blödmann!«, Lina stupste ihn an seiner Drachenschulter. »Ich bin doch überhaupt keine Primaballerina.« Sie wurde rot. »Und wir sind hier auch noch lange nicht fertig. Ein bisschen mehr Ernsthaftigkeit, bitte!«.

»Entschuldigung. Wer noch?«, fragte Snu.

»Ivo.«

»Der Griesgram? Hm. Interessante Wahl.«

»Der ist ja nicht dauernd griesgrämig. Der kann auch gut gelaunt und sehr lustig sein.« Neulich war Lina ihr Buch heruntergefallen: *Rico, Oscar und die Tieferschatten*. Ivo hatte es aufgehoben, kurz angeguckt und ihr mit den Worten »super Buch« zurückgegeben. »Wenn du sowas magst, empfehle ich dir auch das *Absolut wahre Tagebuch eines Teilzeit-Indianers*. Kennst du das?«. Lina hatte den Kopf geschüttelt. »Bringe ich dir mal mit. Nepomuk könnte es auch gefallen, da sind ein paar echt schlimme Ausdrücke drin. Das ist nix für anständige Mädchen.« Ivo hatte sie verschwörerisch angegrinst.

Lina war es überhaupt nicht gewohnt, dass Mitschüler so normal und nett zu ihr waren, Freunde hatte sie ja nicht so wirklich. In den Pausen war sie bisher meist allein auf dem Klettergerüst gesessen und hatte darüber nachgedacht, ob sie die Schule wechseln sollte und wie man denn bitte an diesen blöden Einladungsbrief von Hogwarts kommen könnte. Lina runzelte die Stirn. »Vielleicht sind die ja auch nur so nett, weil sie noch nicht rausgefunden haben, dass ich seltsam bin«, überlegte sie.

»Ach, Blödsinn. Ich verrate dir mal ein Geheimnis.« »In Wahrheit«, er lehnte sich nach vorne und sah ihr fest in die Augen, »sind wir alle ein bisschen plemplem.« Er blickte kurz auf seine Armbanduhr. »Gut, gut. Ich denke, es ist Zeit für meinen Schönheitsschlaf.« Der kleine blaue Drache mit den lila Punkten stand auf und wackelte unter das Kopfkissen. Lina sah ihm nach.

Herr Neufeld hatte sie einmal halb besorgt, halb streng gefragt: »Lina, was macht ein junges Mädchen wie du eigentlich mit einem Drachen? Wo kommt der denn überhaupt her?«. Seine rechte Augenbraue war dabei wie so oft in bedenkliche

Höhen geschossen. Lina war etwas verlegen geworden.

»Aus Skandinavien, natürlich", antwortete sie. »Womöglich Norwegen. So genau kann man das nicht sagen.« Aber das war eine andere Geschichte.

Windbeutel

»Du, Oma, wie werden Menschen denn eigentlich Freunde?« Lina nahm sich einen von den frisch gebackenen Windbeuteln auf der Anrichte ihrer Großmutter und steckte sich ihn in den Mund.

»Eine gute Frage. Sehr philosophisch. Nicht so leicht zu beantworten.«

Lina schleckte sich Sahne von den Fingern.

»Schmeckt's?«. Die Großmutter lächelte. »Also, pass auf: Es gibt oft besondere Momente, die zwei Menschen verbinden. Die passieren dann, wenn man irgendetwas Wunderschönes, Aufregendes oder vielleicht Peinliches zusammen erlebt. So etwas schweißt Menschen zusammen. Eine meiner besten Freundinnen, die Liesl, war vorher lange Zeit eine Kollegin von mir in der Ausbildung. Ganz nett. Dann hat ihr Freund mit ihr Schluss gemacht. Einmal kam sie in die Bäckerei, ganz traurig und verweint. Und spontan habe ich zu ihr gesagt: ›Du, Liesl, pass auf, ich mach heute Abend Kürbislasagne. Das ist zu viel für eine Person. Magst du vorbeikommen?‹. Wir haben den ganzen Abend lang geredet, gegessen, gelacht und geweint. Und danach hat uns nichts mehr auseinander gebracht. Ein magischer Abend! Erdbeere?«.

»Danke«, Lina steckte sie sich in den Mund.

»Und nicht jeder Mensch eignet sich als Freund. Da muss man auch ein bisschen geduldig sein. Überleg dir: Was ist dir wichtig? Jemand, mit dem du lachen kannst? Fußballspielen? Backen?«.

Ein Freund mag mich so, wie ich bin, schoss es Lina plötzlich durch den Kopf, und zwar mit allen Wunderlichkeiten und düsteren Gedanken.

Sie schloss die Augen und überlegte. Snu mochte Lina immer, auch wenn sie schlechte Laune hatte oder Geschichten über das Muttermonster schrieb.

»Aber Snu ist ein Stofftier, Lina«, sagte Herr Neufeld,, der um die Ecke gebogen kam, streng. Er betrachtete neugierig die Windbeutel. »Das ist eine sehr einseitige Beziehung. Du solltest dir richtige, echte Freunde finden. Aus Fleisch und Blut.«

Oma sah Lina fragend an. »Und? Was denkst du?«.

»Na, dann bist du eben meine Freundin«, sagte Lina. »Ganz echt, aus Fleisch und Blut. Mit dir ist es lustig, du erzählst mir immer schöne Geschichten.«

»Ich fühle mich sehr geehrt, Fräulein Luft.« Die Großmutter lächelte. Seltsamerweise klang es ganz anders, wenn ihre Großmutter das Wort *Fräulein* benutzte. Netter, irgendwie. Als wäre Lina tatsächlich eine ernstzunehmende Person. Nicht so hässlich wie aus dem Obermüller-Mund. »Aber ich bin zuallererst einmal deine Oma. Das ist eine andere Art von Beziehung.«

»Wie meinst du das?«.

»Na ja, Omas sind dafür da, Tee zu machen, Bücher vorzulesen, und um mit ihnen spazieren zu gehen. Normalerweise sind sie alt und vielleicht auch schon runzlig und wenn du Glück hast, auch ein bisschen weise. Dann wäre es wünschenswert, wenn sie diese Weisheit an die Enkel-Generation weitergeben würden.« Oma rührte im Kuchenteig und murmelte: »… vor allem dann, wenn die eigene Tochter-Generation sich so vehement dagegen sträubt.«

Herr Neufeld guckte Oma streng an. »Davon kann die Dame ein Lied singen«, sagte er zu Lina. »Deine Oma war ja schließlich auch einmal Tochter. Es handelt sich hier um Evolution, das darf man nicht vergessen. Irgendwann ist sie von der Tochter zur Mutter geworden und dann zur Großmutter.« Er sah Lina an. »Und vielleicht, in zwanzig Jahren, wird sie einmal Urgroßmutter. Wer weiß?«

Lina schwirrte der Kopf. Sie war sich nicht sicher, was Herr Neufeld meinte und versuchte, ihre Gedanken zu ordnen. »Ok, und jetzt aber nochmal zu den Freunden«, beharrte sie.

»Natürlich«. Die Großmutter setzte liebevoll eine Erdbeere auf einen halben Windbeutel. »Also, pass auf. Du hast eine Oma. Die macht eben so Oma-Sachen. Und dann hast du zusätzlich noch Freunde. Deine Großmutter kannst du dir nicht aussuchen, du kannst nur hoffen, dass es eine nette Ausgabe aus dem Omishop ist und keine Kratzbürsten-Großmutter. Bei den Freunden läuft das anders. Die kannst du dir aussuchen. Da ist es natürlich wichtig, eine gute Wahl zu treffen.«

Lina klatschte in die Hände. »Ha! Ich glaube, ich habe schon so eine Ahnung, wer gut geeignet wäre. Jetzt muss ich nur noch wissen, wie die drei meine Freunde *werden*.«

»Warte einfach auf den magischen Moment.« Die Großmutter zwinkerte ihr zu.

Strumpfhosen

Heute war der Tag. Heute würde Lina es versuchen: Freunde finden.

»Wenn du etwas willst, dann schnapp es dir!«, sagte Herr Donnerberger laut ihrem Vater immer. Lina nahm also all ihren Mut zusammen und pirschte sich langsam durch den Schulhof in Richtung Spielplatz vor. Suse hing kopfüber im Klettergerüst und las.

»Hi, Suse«, sagte Lina. »Ist das nicht sehr unbequem?«.

»Das gibt mir eine neue Perspektive«, erklang Suses Stimme hinter dem Buch.

»Ach so. Was liest du denn?«. Lina beugte sich nach unten und drehte den Kopf, um den Titel zu lesen. Sie geriet ins Taumeln. »Autsch.«

Suse richtete sich auf und sprang mitsamt dem Buch vom Klettergerüst. Sie hielt es Lina hin. »So besser?«.

»Ja.« Lina rieb sich die Schläfe und las vor. »*Die Geschichte der Bundesrepublik Deutschland.* Oha, nicht einfach, oder?«.

»Geht so. Ich lese ziemlich viel. Das ist mein Hobby. Und du? Du tanzt, oder? Ballett?«.

Lina wurde rot. »Ich mache kein Ballett, ich *mag* Ballett. Unterschied.«

»Na ja«, Suse sah sie herausfordernd an, »wenn du es magst, vielleicht willst du es ja dann auch *machen*?«.

»Mein Vater hasst es, wenn ich im Wohnzimmer tanze. Der ist sofort total genervt.«

»Ach was«, Ivo kam mit einem Fußball unterm Arm und Nepomuk im Schlepptau um die Ecke. »Man spielt ja auch nicht Tennis im Badezimmer.« Er sah die Mädchen mit seinem besten Sportprofi-Blick an. Da kannte er sich aus. »Da gibts doch bestimmt sowas wie einen Ballettplatz, wo man hin kann und sich dann alle Strumpfhosen anziehen und diese komischen Röcke und dann nervt das auch niemanden, oder?«.

Lina überlegte.. »Ja, schon. Aber das ist bestimmt teuer.« Mamas Weiterbildung kam ihr in den Sinn.

»Willst du jetzt tanzen oder nicht?«, insistierte Suse.

»Ich mag es vor allem angucken«, sagte Lina.

»Ja, aber stell dir vor, wie cool es wäre: wenn du selbst in dem Ballett wärst. So mit Strumpfhose und so«, sagte Ivo.

»Was hast du denn immer mit Strumpfhosen?«, fragte Suse. »Willst du auch mal eine tragen?«. Sie sah ihn kritisch über den Rand ihrer Brille hinweg an.

»Quatsch! Du spinnst wohl. Aber das ist so: Ballettmenschen haben *immer* Strumpfhosen an. Auch die Männer. Voll schwul und so.«

»Was hat denn das mit schwul zu tun?«, fragte Lina.

»Das ist doch eher eine Frage der Mode«, gab Suse zu bedenken. »Oder nicht?«.

»HOMOSEXUELL!«. Nepos Kopf zuckte zweimal nach links. »Das kommt auf das Stück an, ob Strumpfhose oder nicht.« Er machte eine große ausholende Armbewegung. »Gibt ja auch so moderne Tanzsachen und da tragen die vielleicht Leggins. Oder nur eine Unterhose. SCHWUL!«.

»Superschwul«, sagte Ivo. Suse verdrehte die Augen.

»Du trägst doch beim Fußballspielen auch eine Leggins unter deiner Hose, oder nicht?«.

»Und hoffentlich auch 'ne Unterhose«, sagte Lina. Die anderen lachten. Ivo wurde rot.

»Igitt, Ivo spielt ohne Unterhose Fußball.« neckte ihn Suse.

»SPRÜHWURST!«, rief Nepomuk.

»Igitt«. Lina verzog das Gesicht.

»Suse ist 'ne Unterhose«, rief Ivo, drehte sich um und rannte los. »Und ich trag sie auf dem Kopf.«

Jetzt musste auch Nepomuk lachen und alle drei rannten hinterher.

»Wer als letzter beim Hoftor ist, ist 'ne schwule Strumpfhose«, schrie Ivo. Es war ein besonderer Moment. Fast magisch.

Pleasure

Oh, wie sie sich darauf freute, ihrer Großmutter von dem magischen Strumpfhosenmoment zu erzählen! Eifrig rannte Lina die Treppe hoch, öffnete die Tür zur Mansardenwohnung und hielt inne. Eine fremde Frau saß, nein, sie *schmiegte* sich wie eine Katze an Omas grüne Récamiere. Wie hypnotisiert starrte Lina sie an. Ihre dunklen Locken hatte die Katzenfrau zu einem losen Knoten gebunden, aus dem sich einzelne Strähnen gelöst hatten. Sie trug schwarze Leggins, dazu bunt gestreifte Stulpen, keine Socken und war in ein einen großen schwarzen Pulli eingewickelt.

Irgendetwas an ihr war anders, sie wirkte so ruhig, so *da*. Lina beobachtete, wie grazil die Katzenfrau die Teetasse samt Unterteller balancierte und schließlich einen Schluck nahm. Fast wie in Zeitlupe. Die Frau richtete ihren Blick auf Lina, die knallrot wurde. Noch nie hatte sie so hellgrüne Augen gesehen, noch nie hatte sie jemand so direkt und durchdringend angesehen.

»Lina! Darf ich vorstellen? Das ist Gili, unsere neue Nachbarin von gegenüber. Sie nimmt immer meine Pakete an. Ich habe sie als Dankeschön jetzt endlich einmal zum Tee eingeladen.«

»Hallo, Lina.« Gili lächelte. »Freut mich, dich kennenzulernen.«

Sie sprach anders, dachte Lina. Als würde sie das R gurgeln.

»Hallo«, anwortete Lina schüchtern.

»Lina, setz dich doch zu uns und trink ein Tässchen mit.« Die Großmutter stand auf und holte eine lila Tasse mit Karottenmuster aus dem Schrank. Lina setzte sich und betrachtete die Nachbarin. War sie jung oder doch alt? Sie konnte es nicht sagen, vielleicht war sie einfach beides. Sommersprossen sprenkelten sich über ihre leicht geröteten Wangen. Wunderschön, dachte sie leise.

»Hattest du einen guten Tag?«, fragte Gili.

»Mh-hm.«

»Das freut mich. Deine Großmutter und ich haben gerade über dich gesprochen. Sie hat mir erzählt, dass du gerne tanzt.«

»Mh-hm.«

»Das trifft sich gut. Ich bin nämlich Tanzlehrerin.« Gili nippte an ihrem Tee und lächelte.

Lina verschluckte sich und musste husten.

»Faszinierend«, sagte die Großmutter, »wie das Universum Wünsche erfüllt, nicht?«. Sie nahm ein Schlückchen Tee und schlürfte es höchst zufrieden.

Gili lachte. »Möchtest du vielleicht einmal bei uns vorbeikommen, Lina? Du kannst ja mal ein paar Sachen ausprobieren. Ich unterrichte modernen Tanz, klassisches Ballett und Bewegungserfahrung.«

Lina runzelte die Stirn. »Bewegungserfahrung?«, fragte sie. »Das klingt ziemlich eckig.« So ein langes Wort. Lina mochte lange Wörter nicht.

Gili grinste. »Die deutsche Sprache hat viele eckige Wörter, nicht? Aber die Klasse selbst ist nicht eckig. Im Gegenteil! Es geht darin um, wie sagt man? *Pleasure,* um die Lust an der Bewegung, um das Fühlen des Körpers.«

»Muss man da Strumpfhosen tragen?«

Gili lachte. »Was du trägst, ist völlig egal. Zieh an, was du magst: dein Lieblings-T-Shirt, eine alte Jogginghose, eine Strumpfhose. Es geht nicht darum, was du anhast, sondern darum, dass du dich gut fühlst. Wenn du Strumpfhosen magst, zieh eine an.« Gili lächelte ihr aufmunternd zu. »Denk drüber nach.« Sie kräuselte ihre Zehen und setzte die Tasse ab. »Die Einladung steht.«

Etwas riskieren

»Ja, aber Oma, das geht nicht. Ich kann doch gar nicht tanzen.« Lina stellte die Teetasse, die sie gerade abgetrocknet hatte, ins Regal und griff mit einer Mischung aus Verzweiflung und Wut zur nächsten.

»Unsinn!«, unterbrach die Linas Gedanken. Sie patschte ihre Hand energisch mitsamt dem Schwamm in das Abspülwasser. »Du tanzt hier den ganzen Tag durch die Wohnung und bringst deinen Vater um den Verstand.«

»Aber der ist doch gar nicht hier, der ...«.

»Außerdem geht es gar nicht ums tanzen Können, sondern ums Lernen. Und Gili sprach von *Bewegungserfahrung*. Dann erfahre doch erst einmal die Bewegung und dann schau weiter.«

»Aber ...«. So vieles ging Lina durch den Kopf. Warum war das alles nur so schwierig? Gerade erst hatte sie etwas getan, nein, etwas *vollbracht*, das sie niemals für möglich gehalten hätte. Sie hatte andere Menschen gefunden, die vielleicht ihre Freunde werden würden. Sie hatte einen fast magischen Moment erlebt. War das nicht genug? Durfte sie sich jetzt nicht wenigstens ein bisschen ausruhen? Sie seufzte. Was ihre Eltern wohl dazu sagen würden? Lina wollte nicht darüber nachdenken. Doch manche Gedanken lassen sich nicht wegdenken, sie wollen Aufmerksamkeit und bahnen sich rücksichtslos ihren Weg. Sie schienen sie regelrecht anzuschreien: *Zu teuer! Lina und Tanzen?! Du hast doch gar kein Talent. Das hier ist nicht die Staatsoper! Schule ist wichtiger! Sowas machen nur Schickimicki-Mädchen. Schnapsidee!*

Mit zitternder Hand versuchte sie, die Tasse ins Regal zu stellen, doch das verschwamm vor ihren Augen. Es schepperte leise.

»Kind!«. Die Großmutter kniete sich vor Lina und nahm sie liebevoll bei den Händen. »Manchmal muss man etwas riskieren. Gerade, wenn man nicht glücklich ist.« Sie sah Lina nachdenklich an. »Du hast immer die Möglichkeit, die Dinge zu verändern. Du gestaltest dein eigenes Leben.«

»Und wenn ich nun ganz schlecht bin? Wenn mich alle auslachen? Wenn ich total doof in Strumpfhosen aussehe?«.

»Lina, ich habe dir doch gesagt, dass es nicht darum geht, eine Eins mit Sternchen im Tanzen zu bekommen. Es geht darum, dass du etwas machst, worauf du Lust hast. Etwas, das dir Spaß macht. Etwas, womit du dich ausdrücken kannst. Ein Traum ist eine schöne Sache. Aber er wird immer eine Illusion bleiben, wenn du ihn nicht packst und verwirklichst.« Die Großmutter bekam ganz rote Wangen. »Natürlich, vielleicht gefällt es dir auch nicht, das kann schon sein. Aber dann hast du es wenigstens versucht und musst dich nicht dein ganzes Leben darüber ärgern, dass du vielleicht eine Goldmedaille im Handball hättest gewinnen können, wenn ...«, sie hielt inne, schloss die Augen und holte tief Luft. »Egal, das ist eine andere Geschichte. Aber denk darüber nach. Finde das, was dich glücklich macht.« Sie drückte ihre Enkelin fest an sich. »Ich bin hier und gebe dir Rückendeckung. Renn auf das Tor zu und dann schieße es, Mädchen!«

Eine rote Corvette

»Tanzen? Ja, aber du hast doch gerade so viel mit der Schule zu tun. Du musst dich wirklich darauf konzentrieren, in Deutsch besser zu werden und die Versetzung zu schaffen. Mathe ist ja auch nicht der Hit. Und jetzt, wo du immer so lange Unterricht hast? Nein, nein, nein, ich halte das für keine gute Idee.« Die Mutter schob sich ein Stück Pizza in den Mund. Der Käse tropfte aus dem Rand.

Lina atmete tief ein und wieder aus. Es hatte sie viel Überwindung gekostet, das Thema überhaupt anzusprechen. Tagelang war sie ruhelos in der Wohnung herum getigert und hatte darüber nachgedacht, ob sie die Eltern danach fragen sollte, wenn ja, wie und überhaupt. Aber die Großmutter hatte schon recht gehabt, manchmal musste man etwas riskieren. So wie mit Suse und den Jungs. Das hatte ja schließlich auch geklappt. Aber ihre Mutter war so unberechenbar. Was, wenn das wieder eine Gefühlsexplosion auslösen würde? Und ihr Vater?

Der sah von seinem Spielzeugauto-Prospekt auf und seine Tochter an. »Das kostet doch wieder Geld.

Also wenn ich alles machen würde, was ich will, dann wären wir schon lange arm. Ich kann ja jetzt auch nicht so einfach mal vier Wochen nach Bali reisen oder mir eine rote Corvette kaufen. Lina, wenn du durch das Wohnzimmer hüpfst, ist das noch nicht Tanzen. Das ist ein Sport, der Disziplin und harte Arbeit erfordert.« Er lachte, als hätte sie einen Witz gemacht. »Seien wir mal ehrlich: Dafür bist du nicht der Typ.«

Da war sie wieder, die unsichtbare Ohrfeige. Aber noch wollte Lina nicht aufgeben. »Oma sagt …«.

»Ach, daher weht der Wind?«. Mama knallte ihr Stück Pizza zurück auf den Teller, ihr Blick verfinsterte sich. »Das hätte ich mir ja denken können. Natürlich setzt die alte Schachtel dir so einen Floh ins Ohr. Sie muss ja weder bezahlen noch mit dir Deutsch üben. Sie macht es sich einfach, aber das hat sie ja schon immer. Und jetzt stehe ich als die Böse da und sie ist die liebe, nette Oma, die ja nur das Beste für ihre Enkeltochter will. Großartig. Was ich alles für diese Familie aufgebe, interessiert keinen. Ich mache und tue und …«. Hanna Luft redete sich in Rage. Es reichte. Seit Jahren tat sie alles, damit die Familie funktionierte. Sie räumte sowohl Lina als auch Hannes hinterher.

All die leeren Kaffeetassen ihres Mannes machten sie wahnsinnig, seitdem sie ihn kannte. Und jetzt war sie endlich soweit, ihr Abitur nachzuholen und es interessierte einfach niemanden, wie viel Kraft sie das kostete. Von ihr erwartete man, dass sie funktionierte. Lina wollte plötzlich tanzen, Hannes eine Corvette und sie musste sich mit Tiefkühlpizza zufrieden geben, nachdem sie den ganzen Tag geackert hatte. Nein. So nicht. »... und deshalb habe ich keine Lust mehr, hier für euch die Kammerzofe zu spielen!«, fuhr sie ihren Mann an.

»Ich hab doch gar nicht ...«, stammelte der.

»Manchmal«, ihr Blick wurde düster, »manchmal möchte ich nur meine Koffer packen und dann könnt ihr schon sehen, wo ihr bleibt.«

Lina wurde kalt. Was sagte ihre Mutter denn da? Was sollte das bedeuten, Koffer packen? Ihr Magen zog sich zusammen. Sie wollte nicht daran schuld sein, dass es Mama so schlecht ging, sie wollte sie nicht unglücklich machen. Sie wollte ihre Mutter behalten und Sonnentage mit ihr verbringen. Lina schluckte die aufsteigenden Tränen hinunter und alle Gefühle hinterher.

Sie musste jetzt stark sein. Sie machte einen Schritt auf die Mutter zu, doch der Vater kam ihr zuvor. Die Mutter herrschte ihn an: »Lass mich.« Er wich zurück.

»Ich weiß nicht, was ich noch machen soll.« Er fasste sich an den Kopf. »Dir kann man es überhaupt nicht recht machen. Nie bist du zufrieden, geschweige denn glücklich.« Lina wünschte, sie könne unsichtbar werden, aber ihr Vater war noch nicht fertig: »Dann geh doch endlich, geh doch, wenn wir so schlimm sind und du hier so leidest. Niemand hat dich zu diesem Leben gezwungen.«

»Schwanger mit 18, was für eine Wahl hatte ich denn? Deine Eltern haben uns nicht unterstützt und du weißt, was *sie* getan hat. Niemand hat mich gezwungen, nein. Aber eine Wahl hatte ich nicht. Ich bin hier gestrandet und muss sehen, wie ich zurecht komme.«

Der Vater knallte den Prospekt auf den Tisch, machte auf dem Absatz kehrt und schlug die Tür hinter sich zu.

Lina zuckte zusammen. Sie musste jetzt schnell reagieren, um das Schlimmste zu verhindern. Die Mutter musste beruhigt, die Wogen geglättet und die Familie zusammengehalten werden. Sie holte tief Luft und sagte: »Mama, es tut mir leid. Das war eine dumme Idee von mir.«

Die Mutter blickte sie an, als wüsste sie nicht, wer da gerade vor ihr stand. »Was?«, fragte sie verwirrt.

»Also pass auf, wir machen das so: ich tanze nicht. Das ist gar nicht so schlimm. Es ist wichtiger, dass du deine Weiterbildung machst, ja? Ich werde dir auch mehr im Haushalt helfen. Nein, ich mache den ganzen Haushalt für dich. Abwaschen, Wäsche waschen, saugen. Versprochen. Und ich spreche mit Papa. Er versteht dich nicht, aber ich erkläre es ihm. Dann wird alles wieder gut.« Später würde sie zu ihrem Vater gehen und mit ihm reden. Aus irgendeinem unerfindlichen Grund wusste er einfach nie, wie er sich verhalten sollte und was Mama von ihm erwartete. Ihm das zu erklären, war Linas Job.

Die Mutter schien langsam wieder zu sich zu kommen. Sie begann leise zu wimmern und auf einmal flossen die Tränen.

»Mama, komm her«, Lina nahm sie in den Arm. »Es wird alles gut.«

»Ach, Lina«, sie schniefte. »Ich hab dich so lieb. Das weißt du, nicht wahr? Es tut mir so leid.«

»Das braucht es nicht. Ich bringe alles wieder in Ordnung.«

»Komm her.« Die Mutter klammerte Lina fest an sich. »Wenn ich dich nicht hätte. Was würde ich ohne dich nur machen?«.

Lina fühlte sich erdrückt, wagte aber nicht, sich aus der Umarmung zu befreien. Ihr schwirrte der Kopf. Manchmal hatte sie das Gefühl, dass sie eigentlich die Mutter war und ihre Mutter das Kind.

Warmweichrund

Abends konnte Lina lange nicht einschlafen. Sie versuchte, eine Muttermonstergeschichte in ihr Tagebuch zu schreiben, aber ihr Kopf war leer. Da war nichts, keine Idee, keine Worte, keine Wärme. Als hätte sie heute so viele Gefühle verbraucht, dass jetzt keine mehr übrig waren. Sie wollte die Leere in sich irgendwie auffüllen. Aber wie? Sie dachte an die Großmutter. Lina packte Snu und machte sich leise auf den Weg nach oben, Mama durfte auf keinen Fall etwas merken, sonst wäre die Hölle los. Langsam stieg sie die Treppen hoch. Vorsichtig und ganz, ganz leise setzte sie einen Fuß vor den anderen. Es war ja nicht so, dass sie ihre Mutter nicht liebte, ganz im Gegenteil. Es war nur so unheimlich kompliziert, ihre Liebe und ihre Laune stabil zu halten. Immer wieder musste man durch den Sturm segeln, bevor sie wieder glücklich wurde. Manchmal schien es so, als ob ihre Liebe überhaupt erst durch den Sturm zum Leben erweckt würde. Sie öffnete die Tür zu Omas Gemächern.

Jemand räusperte sich. »Ist dir eigentlich schon mal aufgefallen, dass deine Mutter nur dann wieder nett

wird, wenn du genau das machst, was *sie* will?«.
Herr Neufeld saß im Ohrensessel und rauchte eine Pfeife. Er guckte Lina streng an. »Sie erwacht erst dann zum Leben, wenn du unsichtbar wirst. Hast du darüber schon einmal nachgedacht?«.

»Ich ... nein.« Lina war verwirrt. Sie verstand nicht, was Herr Neufeld meinte. »Wo ist Oma?«.
»Sie ist schon ins Bett gegangen, aber ich glaube, sie liest noch.«

»Danke.« Lina machte sich auf den Weg in das Schlafzimmer ihrer Großmutter. Sie sah, dass dort noch Licht brannte. Vorsichtig öffnete sie die Tür. »Oma?«.

Die Großmutter sah von ihrem Buch auf. »Lina? Noch wach?«. Das Mädchen stand verloren in der Tür.

»Na, komm her.« Die ältere Dame legte ihr Buch beiseite und klopfte neben sich auf das Bett.

Lina setzte sich zu ihr und ließ ihren Kopf auf die Schulter ihrer Großmutter sinken. Die legte den Arm um sie. Lina merkte, wie die Wärme langsam zurückkehrte, wie die Welt, die an diesem Abend etwas grauer geworden war, wieder etwas an Farbe gewann.

»Erzähl mir doch nochmal die Geschichte von der Bäckerin«, bat sie und schloss die Augen. Snu legte seine Pfote auf Linas Bauch, der sich gleichmäßig hob und senkte. »Wir sind ein Kuschelknödel« flüsterte er ihr ins Ohr. Lina lächelte und ihre Oma begann zu erzählen:

»Es ist nicht wichtig, was ich schreibe, es ist wichtig, *dass* ich schreibe, dachte die Bäckerin, die davon träumte, Schriftstellerin zu werden, während sie tagein, tagaus Brezel um Brezel ineinander schlang.

Fortan schrieb sie Worte auf alles, was ihr unter die Finger kam: Sie legte kunstvoll Gedichte in Mohnsamen auf frische Teiglinge, zeichnete zärtlich Charaktere in den Mehlstaub auf der Tischplatte und wer ganz genau hinsah, konnte auf den Papiertüten, in die sie die noch dampfenden Rosinenbrötchen steckte, kleine Haikus in dünnen Bleistiftlinien entdecken:

warmweichrund steck ich
dich in meinen Erdbeermund
Rosinenbrötchen

süße Beeren, rot

quitsch, quatsch, quetsch – zuckerzucker
Marmeladenbrot

Knusperkruste so

krisp krachst du so kross knisterst
du, kräuselnd, krümelnd

Es war ein kleines Alpendorf, in dem die Bäckerin wohnte. Es lag versteckt zwischen Birken und Tannen, liebevoll umschlungen von malerischen Serpentinen. Sie arbeitete in der Bäckerei ihres Großvaters, ein alter Mann mit gütigen Augen, der gerne Geschichten erzählte und eine nicht zu leugnende Vorliebe für Rosinenbrötchen hatte.

Im Fenster der Bäckerei stand ein Goldfischglas mit einem Fisch, der, wenn man ganz genau hinsah, kleine Altersfältchen um die Augen zu haben schien. Er schimmerte in allen Farben des Regenbogens. So buk die Bäckerin ...«.

»Was heißt *buk*, Oma?«

»Das ist die erste Vergangenheit von backen. Sehr altmodisch.«

»Ach so.«

110

»Weiter?«

»Weiter.«

»Da buk also die Bäckerin in dem kleinen Alpendorf in der kleinen Bäckerei ihres Großvaters mit dem Regenbogen-Goldfisch glücklich vor sich hin. Etwa zur gleichen Zeit, hunderte von Kilometern weiter nördlich, saß ein Student, der eigentlich Bäcker sein wollte, in einem Germanistik-Seminar. *Germanistik* heißt so was wie Deutschkunde, da geht es um Bücher, um Worte und Sätze. Also, dieser Student saß eben in seiner Klasse und kaute gedankenversunken am Ende seines Bleistiftes. Bäcker müsste man sein, da würde man wenigstens etwas Richtiges tun, so ganz echt mit seinen Händen, dachte er, während er aus dem Fenster sah. Eine ältere Dame ging mit ihrer Schildkröte spazieren. Der Professor im Hörsaal erzählte irgendetwas über Meißen und Frauenlob. Und am Ende, dachte sich der Student, hat man dann etwas erschaffen, etwas Echtes. Etwas, das man in den Händen halten kann. Etwas, das dampft und duftet und was die Menschheit zum Überleben braucht. Er seufzte und wandte sich wieder seinen Notizen zu. Manchmal, Lina, sind zwei Menschen füreinander bestimmt. Egal, wie viele Kilometer zwischen ihnen liegen, egal, ob Berg und Tal sie trennen. Und oft wissen sie das nicht. Aber wenn das Schicksal einen guten Tag hat und man selbst ein wenig Geduld aufbringt, dann fügen sich die Dinge irgendwann sehr geschmeidig ineinander.« Sie sah auf ihre Enkelin, die an ihrer Schulter eingeschlafen war. »Aber das, liebste Lina, ist eine andere Geschichte.«

Wah!

»Alle bereit für den Projekttag? Heute gibt es Poesie im Park!«. Herr Hummels' Enthusiasmus war kaum zu bremsen. Er strahlte die Meute der 29 Schüler mit ihren geschulterten Rucksäcken erwartungsvoll an. Bis elf Uhr hatte er abends noch am Schreibtisch gesessen, um Gedichte auszudrucken und zu laminieren. Als Inspiration. Das würde ein Fest werden. Die Kinder könnten den schönen Sommertag genießen und dann sogar noch selbst kreativ werden. Er war glücklich.

Luca beschwerte sich: »Ich find' Poesie im Park total scheiße.«

»Aber du weißt doch noch gar nicht, was wir machen werden.« Herr Hummel hing sich die Erste-Hilfe-Tasche über die Schulter.

»Doch. Poesie, halt.«

»Und was genau?«.

»Na ja, eben irgendwie so rumpoesieren.« Luca war genervt und warf einen Stift nach Deen.

»Jetzt kommt erst mal mit. Habt ihr eure Clipboards? Prima. Leider ist Frau Keller heute krank, deshalb wird Herr Toff unsere Begleitperson sein.«

Lina verdrehte die Augen. Sie hatte sich auf den Tag im Park gefreut und jetzt würde der beknackte Sportlehrer mitkommen. Ihre Laune sank in den Keller.

»Na? Begeistert?«, fragte Suse. »Für diesen Fall bin ich gerüstet, keine Sorge.« Suse kramte in ihrer Tasche und zeigte Lina die Schachtel mit den Mini-Schokoküssen.

»NEGERKÜSSE!«, schrie Nepo und schlug sich sofort die Hände auf den Mund. Einige Schüler drehten sich um. Deen zuckte zusammen.

Ivo boxte seinen Freund in die Seite. »Alter, so hat die vielleicht früher mal deine Ur-Oma genannt. Oder Hitler.«

Nepo wurde knallrot. Das Beschissene an seiner Krankheit war, dass so oft Wörter aus ihm herauskamen, die wirklich schlimm waren und manchmal auch andere beleidigten. Und er wollte sie ja auch überhaupt nicht sagen. Aber er konnte nichts dagegen tun. Je mehr er versuchte, es nicht zu machen, desto mehr brachen die Wörter und Tics aus ihm heraus. Das Ganze war wie Schluckauf: Es bahnte sich einfach ungefragt seinen Weg nach oben.

Er drehte sich zu Deen und wollte erklären, aber alles, was er herausbrachte, war nur: »Wah, wah, WAH!« Nepo hob entschuldigend die Hände und ließ den Kopf sinken.

Deen klopfte ihm auf die Schulter. »Nimm's nicht so schwer, Mann. Ich weiß: Tourette ist das Arschloch, nicht du.«

Suse drängte sich zwischen die beiden. »Ich wollte ja eigentlich auch gerade erklären, dass wir die offiziell gar nicht essen«, sagte sie. »Wir legen die nur dem Toff unter den Hintern – also falls jemand fragt.« Sie zwinkerte Deen und Nepo zu.

Lina stellte sich vor, wie der Sportlehrer einen totalen Tobsuchtsanfall bekommen würde. Mit zermatschtem Schokokuss am Hintern. »Welche Pappnase hattn hier ditt Schaumzeuch hinjelecht? Son Saftladen!«. Lina musste lachen.

»Wenn es schlimm auf schlimm kommt, können wir dann auch einfach eine Schokokuss-Schlacht machen.« Suse packte die Schachtel wieder weg.
Ivo balancierte einen Fußball auf seiner Hand. »Ja, genau. Und falls der unwahrscheinliche Fall eintritt, dass uns Zombies angreifen, dann haben wir schon

mal Proviant. Dann müssen wir uns nur noch zum Olympiastadion durchschlagen.«

»Was, wieso denn bitte Zombies? Und warum Olympiastadion?«, wollte Lina wissen. Suse hob eine Augenbraue und sah Ivo mal wieder streng an.

»Na, das ist doch voll die geile Idee«, Ivos Blick wurde wacher. »Das Stadion ist nach außen befestigt, wie eine Burg oder so. Es gibt Duschen und Stühle, sogar ein Schwimmbad. Und in der Mitte ist 'ne riesige Wiese, da können wir Tomaten anbauen. Und Kartoffeln. Und wenn wir 'ne Kuh finden, können wir eine Kuhzucht aufmachen und haben Burger for life, ey.«

»TITTEN! Weißt du überhaupt, wie man Kühe züchtet?«, fragte Nepomuk.

»Nee, aber apropos Titten: Wir fragen einfach mal die Mimi. Mops-Mutti, Kuh-Mutti, ist doch das gleiche Prinzip. Wir brauchen für den Fall der Fälle ein Team, ein Zombie-Team. Leute mit besonderen Fähigkeiten, die uns bei der Zombie-Apokalypse helfen. Ich kann zum Beispiel die Fußballspiele in der Arena veranstalten.«

»Suse wird ja sowieso Bundeskanzlerin«, sagte Nepomuk.

»Und Nepo kann mein Sprecher werden.« Suse klopfte ihm auf die Schulter.

»Lina?« Ivo sah zu ihr. »Und was machst du?«.

Lina überlegte. Ivo hatte ihr neulich so ein spannendes Buch empfohlen, mit einer mutigen Heldin, die sich in so komischen Spielen behaupten musste. »Ich würde mir so Pfeile und Bogen besorgen. Wie die in dem Buch. Und dann die Zombies abschießen.«

»*Die Bogenschützen-Ballerina.*« Ivo begann, mit dem Ball im Klassenzimmer herum zu dribbeln. »Ein bescheuerter Buchtitel. Würde ich nicht lesen.«

»Du bist ein bescheuerter Buchtitel«, sagte Lina. Sie fand ihre Idee gut. »Dann eben: *Ballerina Assassin. Tod in Strumpfhosen.*«

Ivo prustete los und ließ den Ball fallen. Der prallte von einem Tisch ab, hüpfte weiter und landete schließlich vor Hummels Füßen.

»So, den Fußball *verwahre* ich jetzt mal und wir machen uns auf den Weg. Auf gehts!«

Lila Tintenfische und Gefühlsvampire

Sie saßen auf der Wiese im Park, bewaffnet mit Clipboards und Stiften. Gedichte schreiben war angesagt. Herr Hummel schritt gemütlich durch die Schülerreihen, Toff rauchte heimlich hinter einem Baum. Lina kaute am Ende ihres Kulis. Alliteration sollte dabei sein, ein paar Reime, Wiederholung und Onomatodings. Sie hatte schon wieder vergessen, was das überhaupt war. Lina spitzte zu Suse hinüber, die hochkonzentriert über ihr Clipboard gebeugt war. Alle schienen ziemlich genau zu wissen, was sie machen sollten, nur Lina nicht. »Herr Hummel?«.

Der Lehrer drehte sich um. »Frau Luft?«.

»Ich weiß nicht, was ich schreiben soll. Und ich habe vergessen, was das Onomatodings ist.«

»Onomatopoesie ist vor allem mein liebstes Stilmittel«, sagte Herr Hummel. »Das sind quasi klingende Wörter, die sich so anhören, wie das, was sie bezeichnen. Sie machen ein Geräusch. Man nennt das auch Lautmalerei«

»Mh-hm.«

»Also zum Beispiel *brutzeln*, da ist ja das Geräusch, das das Brutzeln macht, schon im Wort enthalten. Praktisch, oder? Andere Beispiele sind *rascheln*, *klirren* oder *rumpeln* ...«.

Lina riss die Augen auf, sie hatte es jetzt verstanden. »Und *krachen*! *Knusperkruste*!«. Sie sah Herrn Hummel begeistert an. »Oder?«

»Genau. Manchmal sind es auch Interjektionen. So was wie *peng*, *puff*, *ratsch*, *boing*.«

»Ok, danke!«.

»Weißt du schon, worüber du schreiben magst?«.

»Na ja, nicht so wirklich.«

»Gibt es etwas, das du der Welt gerne erzählen möchtest? Vielleicht etwas besonders Schönes? Oder Trauriges? Gedichte eignen sich hervorragend, um Gefühle auszudrücken. Oder du kannst auch ein bisschen verrückt sein und einen Locher zum Leben erwecken und seine Abenteuer erzählen.« Herr Hummel bekam ganz rote Wangen, seine Augen leuchteten. »Oder über einen lila Tintenfisch schreiben! Die Möglichkeiten sind unbegrenzt!«.

»TITTENFISCH«, rief Nepomuk dazwischen.

Lina kicherte. Sie fragte sich, ob Herr Hummel wohl abends nach der Schule selbst Gedichte schrieb .

»Also gut, Lina. Bereit für Poesie?«. Der Lehrer sah sie aufmunternd an.

»Ich versuche es mal.« Lina dachte nach. War da irgendwas? Ein Gefühl? Sie versuchte, etwas zu spüren. Gab es etwas, das sie besonders glücklich machte? Oder traurig? Gab es etwas, das sie sagen wollte, aber nicht so richtig konnte? Sie versuchte, sich zu konzentrieren, sah auf die wiegenden Blätter, fühlte den kühlen Wind in ihrem Gesicht. Eine Haarsträhne kitzelte ihre Wange. So viel Grün, dachte sie. So viele verschiedene Grüns. Alle tanzten in der Luft. Ach, das Leben wäre so schön, wenn da nicht ... Sie erinnerte sich daran, wie das Gespräch mit ihren Eltern ausgegangen war, als sie nach dem Tanzen gefragt hatte. Lina konnte fühlen, wie sich ihr Körper anspannte. Fast, als ob er zu Stein würde. Ein graues Gefühl begann langsam von ihr Besitz zu ergreifen. *Ich ertrinke*, dachte sie, *in einem Schwimmbecken aus Luft.* Sie begann zu schreiben.

Herr Hummel klatschte in die Hände. »So, Leute, es ist Zeit. Wir lesen unsere Gedichte vor. Denkt daran: nicht runterleiern, sondern lebendig machen! Wir haben darüber gesprochen: Betonung, Emotionen,

Pausen. Bereit? Gut. Ivo, du machst den Anfang. Und bitte!«

Ivo nahm seinen Zettel, schlurfte nach vorne und baute sich vor der Klasse auf. Er reckte die Brust und machte eine weitschwingende, dramatische Geste mit seinem Arm. Er begann zu rezitieren:

> »Hausaufgaben, oh, wie scheiße
> egal, wie ich mir den Arsch aufreiße
> jeden Tag gibts wieder neue
> und glaubt mir, nein, ich freue
> mich nicht auf euch, ihr blöden Deppen
> ich würde lieber den ganzen Tag lang rappen.«

Die Klasse woo-hoo-te, johlte und jauchzte. Ivo strahlte Herrn Hummel an. »Gut, was?«.

»Dein Publikum hast du definitiv begeistert. Gutes Thema.«

»Ey, Alter, du bist voll der Dichter«, schrie Luca. »Mach mal Youtube-Gedichte-Channel oder so.«

»So, wer ist als Nächstes dran?«, fragte Herr Hummel. »Lina?«.

Lina bekam Angst. Sollte sie wirklich ihr Gedicht vorlesen? Ihre geheimsten Gefühle preisgeben? Und wenn dann alle denken würden, dass sie verrückt sei? Oder schlimmer, wenn Suse, Ivo und Nepo sie total peinlich fänden? *Ein Freund mag mich so, wie ich bin, mit allen Wunderlichkeiten und düsteren Gedanken,* schoss es ihr durch den Kopf. Sie wollte so gerne daran glauben. Einfach war das allerdings nicht. Sie stand auf, stellte sich vor die Klasse und hielt mit zitternder Hand ihr Blatt vor sich. Rote Flecken erschienen auf ihrem Hals und Gesicht. Sie atmete tief ein – und hielt die Luft an.

»Alles in Ordnung, Lina? Du weißt, du musst das nicht vorlesen, wenn du nicht möchtest«, versicherte ihr der Lehrer. Manchmal machte er sich doch den Gedanken um das Mädchen. Hin und wieder verhielt sie sich, nun ja, *anders* als die anderen.

»Schon in Ordnung, Herr Hummel.« Sie dachte daran, dass sie nicht nur Freunde finden sollte, sondern auch wollte. Eine Frage der Modalverben nannte das ihre Oma.

»Atme noch einmal tief durch und dann lies es uns vor. Nimm dir Zeit.« Herr Hummel sah sie aufmunternd an.

Sie blickte kurz zu Suse, die ihr zunickte, fasste sich ein Herz und las vor:

»Ich ertrinke

in einem Schwimmbecken aus Luft

dunkel, einsam und allein

sterben Gefühle in der Gruft

plötzlich werde ich zu Stein.

Verbotenes Gefühl, es darf nicht sein

rotglühend, heiß und stark wie tausend Stiere

muss es sterben, darf! nicht! sein!

denn unten in der Gruft allein

liegen die Gefühlsvampire.«

Niemand klatschte, johlte oder jauchzte. Alle sahen sie mit offenen Mündern an. Brooke-Lynne und ihre Freundinnen begannen zu tuscheln. Lina wurde knallrot, sie wollte im Boden versinken. Nie in ihrem Leben hatte sie sich so geschämt. Was hatte sie sich nur gedacht? Was für eine blöde Idee, das vorzulesen. Nun würde sie niemand mehr mögen, alle würden denken, sie sei ein Freak. Sie fühlte die Tränen in sich aufsteigen und schluckte. Sie durfte nicht weinen, auf keinen Fall.

»Lina, einatmen! Nicht schon wieder die Luft anhalten«, Herr Hummel legte ihr die Hand auf die

Schulter. »Danke, dass du dein Gedicht vorgelesen hast. Das war bestimmt nicht einfach. Wollen wir mal die anderen fragen, was sie davon halten?«.

NEIN, wollte Lina schreien, aber sie konnte nicht. Sie fühlte sich wie gelähmt.

»Ja, Suse«, Herr Hummel nickte ihr zu. »Was denkst du?«.

»Also, ich finde es ein bisschen düster und traurig, so mit Gruft und so.«

»Ja, aber auch irgendwie voll geil, ey, wie ein Horrorfilm«, warf Luca ein. »Gefühlsvampire in der Gruft, die mit durchgeknallten Stieren aus Feuer kämpfen.«

»Also würd' ich mir im Kino schon anschauen«, sagte Ivo.

Nepomuk meldete sich: »Es erinnert mich an g-g-griechische Mythen.« Er pfiff seine R2D2-Melodie. »Es ist sehr gewaltig.«

»Ey, bist du ein Gefühlsvampir, Lina? Saugst du deine Gefühle aus dir raus, bis du total leer bist? Also, voll krass halt.« Luca war beeindruckt.

»Ich möchte hier anmerken, dass …«, setzte Herr Hummel an, aber die Diskussion wurde ohne ihn weitergeführt.

»Was hilft denn gegen Gefühlsvampire? Knoblauch? Kryptonit?«, fragte Deen.

»So ein Quatsch, dann müsste sich Lina ja selbst ausschalten, also vorausgesetzt, sie ist tatsächlich ein Gefühlsvampir«, antwortete Ivo.

»Na, aber vielleicht geht es ja nur darum, diesen Teil in ihr auszuschalten«, gab Suse zu bedenken.

»Genau, Lina ist ja beides, sie ist ja auch der Stier, oder?«, fragte Nepo.

»Ja, aber der Stier ist doch gefährlich, da muss man doch irgendwas anderes finden. Lina, bist du noch mehr? Sind da vielleicht noch andere Teile in dir drin? Also vielleicht eine gute Fee oder eine Bürgermeisterin?«. Suse sah sie neugierig an.

»Null, ey, die braucht 'nen Coach oder noch besser: 'nen Schiedsrichter.«

»Was die braucht, ist 'ne Psychoklinik«, murmelte Brooke-Lynne halblaut.

»RUHE, VERDAMMT!«. Herr Hummel schrie selten. Die Klasse war mucksmäuschenstill. Der Lehrer zog eine Augenbraue hoch und sah seine Schüler streng an. »Ein Gedicht spiegelt nicht automatisch die Realität wider. Es ist ja kein Tagebucheintrag. Man spricht hier vom *lyrischen Ich*. Das bedeutet, es gibt vielleicht eine Hauptperson oder eine Stimme, die spricht, diese ist aber nicht unbedingt gleichbedeutend mit der Person, die das Gedicht geschrieben hat. Klar?«. Er blickte in verwirrte Gesichter. »Sonst müsste man sich ja schon Sorgen machen, wenn jemand ein Liebesgedicht für einen lila Tintenfisch schreibt. Es geht nicht wirklich um den Tintenfisch, versteht ihr?«.

»Ey, der hat doch einen an der Waffel«, flüsterte Luca Deen zu.

»Psychoklinik«, sagte Brooke-Lynne und warf einen Ich-habs-euch-doch-gleich-gesagt-Blick in die Runde.

»Der lila Tintenfisch ist vielmehr eine *Metapher* für etwas anderes. Etwas, das man entschlüsseln muss. Wie ein Code.« Hummel sah auf die Uhr. »Aber das ist eine andere Geschichte. In der Stunde morgen werden wir uns genauer damit beschäftigen. Packt zusammen.«

Keksglück

Später am Abend klopfte Lina an Omas Tür. Es roch nach Zimt und frisch gebackenen Keksen.

»Komm rein!«, hörte sie die Großmutter von drinnen rufen

Lina öffnete die Tür und steckte ihre Nase ins Zimmer. »Warum ist die Bäckerin eigentlich keine Schriftstellerin geworden?«, fragte sie, während sie sich einen Keks schnappte. Er duftete herrlich und war sogar noch warm. Keksglück! Sie biss hinein und kleine Krümel kullerten auf ihren Pulli. Sie dachte an das Knusperkrustengedicht.

Oma wusch gerade die Rührschüssel ab. »Na ja, die Mutter der Bäckerin hat immer gesagt: Kind, du musst was Anständiges lernen, sonst kriegst du keinen Mann. Und Sätze, die man immer wieder hört, bleiben einem im Kopf kleben. Die kriegt man nicht so einfach wieder raus. Und manchmal werden sie dann Realität.«

Man muss es zu etwas bringen, dachte Lina.

»Aber die Bäckerin«, fuhr Oma fort, »blieb erst einmal Bäckerin. Sie wollte ja einen Mann haben. Und damals auf dem Dorf war das alles noch ein bisschen anders. Da war ja die Idee, eine starke, unabhängige Frau zu sein, wirklich noch sehr avantgardistisch.«

»Was bedeutet das?«.

»Das heißt fortschrittlich, neu und auch: seiner Zeit voraus.«

»Ach so.« Lina scharrte mit den Füßen. »Und die Bäckerin, hat sie es je bereut, keine Schriftstellerin geworden zu sein?«.

Omas Blick wurde weich. »Nein, hat sie nicht. Sie hat für sich selbst geschrieben. Und das war ihr genug. Sie hat noch viele andere schöne Sachen in ihrem Leben machen können und schließlich einen wunderbaren Mann kennengelernt und geheiratet. Sie hat ihr Leben geliebt. Und tut das immer noch.« Sie zwinkerte Lina zu.

»Hmm.« Lina kaute gedankenverloren. Zimt, Muskatnuss. Der Keks schmeckte nach Winter.

Sie sah zu Herrn Neufeld, der mal wieder ein Nickerchen auf Omas grüner Récamiere hielt.

»Du, Oma?«. Lina stippte die Krümel mit den Fingern von ihrem Pullover auf.

»Ja, mein Schatz?«.

»Mama sagt ja, ich soll nicht tanzen. Aber ich dachte, vielleicht gibt es ja ganz vielleicht, also womöglich, so eine Art Ausprobier-Stunde in Gilis Klasse, die man mal machen könnte. Nur um zu sehen, ob das überhaupt Spaß macht.« Die Röte schoss ihr ins Gesicht.

Ein zärtliches Lächeln huschte über Mora Mehringers Lippen. Sie war so dankbar dafür, dass sie nach all den Jahren doch noch an Linas Leben teilhaben durfte. »Soll ich Gili einmal für dich fragen? Vielleicht können wir sie mit ein paar Keksen bestechen.« Die Großmutter stand am Herd, mit dem Rücken zu ihrer Enkelin, aber Lina konnte sie lächeln hören.

Der längste Donnerstag der Welt

Fünf Kekse, zwei Rosinenbrötchen und einen Mini-Käsekuchen später war die Probestunde bei Gili gebongt. Lina hatte der Großmutter fleißig beim Backen geholfen. Besonders der Käsekuchen hatte schön werden sollen, so richtig fluffig.

Und als Gili das nächste Mal zur Teestunde bei Oma kam, schob sie sich ein Stück davon in den Mund. Genussvoll schloss sie ihre Augen. »Mmmmmh! Oh, das ist wie eine kleine Wolke, ein Traum aus Vanille.«

Die Sache war geritzt, jedenfalls für Oma. »Du Gili?«. Sie schenkte der Nachbarin Tee nach. »Du hattest doch Lina angeboten, mal deine Tanzklasse unverbindlich auszuprobieren ...«.

Gili war noch immer ganz in ihren Vanilleträumen versunken. Langsam und genüsslich öffnete sie ihre Augen. »Wie meinst du, Mora?«. Es dauerte einen Moment, bis sie wieder in Omas Wohnzimmer angekommen war. »Ach so.« Sie lächelte. »Na klar, du kannst vorbeikommen und mitmachen.« Ihre grünen Augen funkelten. »Aber ein klein bisschen schüchtern bist du noch, nicht wahr, *Chamuda*? Es wird Zeit, dass du tanzt. Das hilft, du wirst schon sehen. Wir sehen uns Donnerstag.«

Lina hatte die ganze Woche nicht nur Schmetterlinge im Bauch, nein, sie hatte das Gefühl, da waren auch Hummeln, Ameisen und Libellen, die alle zusammen eine wilde Party feierten. Lina hatte ihrer Mutter schon am Mittwoch gesagt, dass sie am nächsten Tag nach der Schule noch zu Suse gehen würde. Hausaufgaben machen. Sie hatte konzentriert auf Snu gestarrt, der verwaist in der Ecke lag. Jetzt bloß keinen Fehler machen! Doch die Mutter hatte nichts bemerkt.

Als Lina Suse davon erzählte, fand sie die Idee so prima, dass sie meinte: »Bleib doch auch gleich zum Essen!«.

»Aber ich gehe doch nicht wirklich zu dir. Ich gehe, na, du weißt schon, *dahin.*« Lina hatte ihr zwar von dem Plan erzählt, vermied es aber weiterhin, *die Tanzschule* zu sagen, als wäre es ein böses Wort.

»Du kannst danach aber wirklich zu mir kommen. Dann ist es auch keine ganze Lüge, die du deinen Eltern erzählst, sondern nur eine halbe. Und ich fände es total prima. Meine Eltern wollen ja auch einmal die Vorsitzende der Obermüller-Partei kennenlernen. Als zukünftige Politikerin ist es wichtig, Kontakte zu knüpfen und zu pflegen.« Die Sache war glasklar beschlossen, denn in puncto Durchsetzungskraft stand Suse Linas Großmutter in nichts nach. Tatsächlich hatte sich Lina auch wirklich über die Einladung gefreut. Sollte es bei Gili blöd werden, hätte sie wenigstens danach etwas Schönes geplant. Und sie war auch noch nie bei Suse zu Hause gewesen. Ein wichtiger Schritt in Richtung Beste-Freundinnen-Werden, so viel stand fest.

Bevor sie sich dann an diesem schicksalsträchtigen Donnerstag schließlich zur Schule aufmachte und ihre Mutter anlog, war Lina lange vor ihrem Schrank gestanden. Sie hatte überlegt, welche Klamotten sie nun denn eigentlich zum Tanzen mitnehmen sollte. Strumpfhosen? Wirklich? Die, die sie hatte, waren nicht besonders toll, viel zu eng und auch so dick. Ihr Po schwitzte dann immer so, gar nicht schön. Es klopfte. Schnell schloss Lina die Schranktür. »Ja?«.

Ihre Großmutter steckte ihre Nase durch den Türspalt. »Du, ich hab da noch was für dich.« Sie sah sich um, ob die Luft rein war, betrat das Zimmer ihrer Enkelin und schloss die Tür leise hinter sich. In der Hand hielt sie ein kleines Päckchen. »Hier, das ist für dich.«

Neugierig nahm es Lina in die Hand. Sie packte es behutsam aus und zum Vorschein kam eine seidig-samtene Strumpfhose. Sie war schwarz, aber bis kurz über das Knie blaulilapink geringelt.

»Damit tanzt es sich bestimmt ganz angenehm. Dann bist du eine bunte Ballerina. Pippi Langstrumpf trifft Baryshnikov.«

Linas Augen leuchteten.

»Ich habe aber noch etwas.« Die Großmutter steckte ihr ein Täschchen zu. Es sah fast antik aus: Ein kleiner Beutel aus altrosa Samt mit goldenem Schnappverschluss. »Das war mein allererstes Schminktäschchen«, sagte die Großmutter. »Mach es doch mal auf.«

Lina öffnete das Täschchen vorsichtig und spähte hinein.

»Ein paar Kleinigkeiten für dich aus meinem Vorrat.« Die Großmutter zwinkerte. Lina kramte im Täschchen: Lidschatten, ein Fläschchen Nagellack und Lippenstift.

»Ich dachte, das ist so ein schönes herbstliches Rot, das passt sehr gut zu deinen grünen Augen, mein Schatz.«

Lina zog die Kappe vom Lippenstift und drehte ihn vorsichtig heraus. »Duftet nach Himbeere«, sagte sie und grinste.

Auf dem Weg nach draußen rief Mama ihr hinterher: »Viel Spaß bei Suse heute! Grüß mir die Frau und den Herrn ... wie heißen die doch gleich?«.

»Danke. Mach ich. Birol.«

»Was?«

»BI-ROL. So heißen die.«

»Ach so.«

In der Schule war Lina dann den ganzen Tag unkonzentriert. Sie hatte ein komisches Gefühl im Bauch, es flirrte und summte und sie bemerkte, wie ihre Hand zitterte, als sie die Englisch-Vokabeln von der Tafel abschrieb.

»Du hast ganz rote Flecken auf dem Hals«, sagte Suse. »Was ist denn los?«.

»Nichts, passt schon. Wo habe ich denn meinen Füller hin?«

»Echt, jetzt? Den hältst du in deiner Hand!«. Sie lachte. »Bist du verliebt, oder was?«.

Lina sah sie entgeistert an. »So ein Quatsch. In wen denn?«.

»Ja, keine Ahnung. Das sagen meine Eltern immer, wenn ich mein Mathe-Heft nicht finde.« Suse wandte sich wieder den Vokabeln zu.

Lina seufzte. Sie sah auf die große Wanduhr. Noch zweieinhalb Stunden.

Die Schulglocke klingelte. Endlich.

»Hausaufgaben: Seite 36 im Grammatikheft, Nominalisierung von Verben. Bitte Aufgaben drei und vier fertig machen. Wir sehen uns morgen.« Herr Hummel klappte sein Buch zu.

Lina spielte mit ihrem Haargummi. Langsam ließ sie ihn über ihren Daumen rollen, auf und ab.

»Lina?«. Herr Hummel stand vor ihrem Tisch, sie war die einzige Schülerin, die noch am Platz saß.

»Oh, Mist! Ich muss los!«. Sie griff hektisch nach ihrem Rucksack und stopfte Hefte und Stifte hinein.

»Hast du die Hausaufgaben aufgeschrieben?«, fragte Herr Hummel. »Am Montag schreiben wir einen Test.«

Lina hörte nicht zu. Panisch griff sie nach ihrem Rucksack. Hatte sie alles eingepackt? Es war keine Zeit mehr, sie musste gehen.

»Lina? Hast du mir zugehört? Test am Montag!«.

»Ja, ja, ich frag nochmal Suse, ich muss wirklich los.« Und schon war sie aus dem Klassenzimmer verschwunden.

Lina rannte die Treppe zum Hofausgang hinunter und blieb abrupt stehen. Irgendwas war falsch. Sie spürte ihr Herz bis zum Hals klopfen, kalter Schweiß stand ihr auf der Stirn. Das Treppenhaus begann sich langsam zu bewegen. Lina schnappte nach Luft, doch die wollte nicht in ihre Lungen. Ihre Brust fühlte sich an wie eine schwere Steinplatte. Ich ersticke, dachte sie. Das Treppenhaus nahm Fahrt auf und drehte sich schneller. Lina war schwindelig, ihre Gedanken rasten: Aber ich muss doch los, ich kann doch jetzt nicht sterben, gerade jetzt nicht, was, wenn ich gar nicht hinfinde oder zu spät komme, ich muss los, muss laufen, muss atmen, ich ... ich ... ich kann ... nicht ... atmen ...

Auf einmal waren alle Gedanken weg. Linas Kopf war leer und eine riesige Welle der Angst schwappte sie von ihren Füßen, ihr wurde schwarz vor Augen. Sie ging in die Knie. Gerade noch konnte sie sich am Treppengeländer festhalten.

»Lina, Mensch. Was ist denn los? Geht es dir gut?«. Nepomuk stand plötzlich neben ihr.

»Ich glaube, ich sterbe«, flüsterte sie. Sie atmete schnell. Ihr Kopf schmerzte wie verrückt, alles war verschwommen. Tränen flossen ihr übers Gesicht. Schwarzer Marmor breitete sich in ihrem Kopf aus. Gleich würde er explodieren.

Nepomuk legte beide Hände auf Linas Schultern und drückte sie sanft. »Kannst du das fühlen?«.

»Was? Ja.« Lina fühlte seine warmen Hände auf sich ruhen. Sie zitterte noch immer.

»Mach die Augen zu. Und konzentriere dich auf meine Hände.« Lina schloss die Augen. »Und jetzt atme ganz tief ein. Komm, wir machen das zusammen.« Nepo holte tief Luft. Lina versuchte es auch. »Prima. Jetzt halte die Luft kurz an. Und jetzt ausatmen, ganz lange und langsam. Super machst du das. Und nochmal.« Nepo und Lina standen auf dem Gang und atmeten. Nach einer ganzen Weile verlangsamte Linas wild pochendes Herz seinen Schlag. Ihr Atem kehrte sanft in sie zurück und hauchte ihr Leben ein.

»Besser?«, fragte Nepomuk.

Lina öffnete die Augen. »Ja.« Sie sah Nepomuk mit glasigem Blick an. Sie war weiß wie ein Gespenst.

»Komm, wir gehen raus, du willst doch bestimmt nach Hause.« Nepomuk zog sie am Arm. »Ich geh mit dir mit.«

Eine ganze Weile waren sie schweigend nebeneinander hergelaufen. Nepomuk hatte ihr einen Schokoriegel gegeben. »Hier, iss was. Damit du wieder richtig auf die Beine kommst.«

»Nepo?«, fragte Lina.

»Mh-hm.«, antwortete er und klopfte sich zweimal sanft auf die Brust.

»Danke.« Lina sah auf den Boden. »Also ich meine, nicht für die Schokolade, aber dafür auch, sondern eigentlich, du weißt schon ... danke.«

»Keine U-u-ursache.« Sein Kopf zuckte nach links.

»Nepo?«, fragte Lina erneut.

»Mmmmh.«

»Du, wo ist denn vorhin eigentlich dein Tourette hinverschwunden?«.

»Wenn ich mich ganz arg konzentrieren muss, SCHEISSE, zum Beispiel beim Klavierspielen oder wenn jemand eine Panikattacke hat und H-h-hilfe braucht, dann passiert das manchmal nicht mehr. Komisch, hm?«. Er zuckte mit den Schultern.

»Panikattacke?«, fragte Lina.

»Ja, meine Mutter hat die auch, deswegen w-w-weiß ich, wie man helfen kann. Ich VERDAMMTE SCHEISSE ich kenn da ein paar Tricks.«

Lina schaute ein wenig beschämt auf den Boden.

»Wo musst du denn hin? ARSCHHUMMEL!«.

Lina lächelte. Nepo grinste schief. Sie hatte eigentlich nicht vorgehabt, ihm ihr Geheimnis anzuvertrauen, aber er hatte ihr gerade das Leben gerettet. Irgendwie.

»Ok, ich werde es dir verraten – aber nur, wenn *Arschhummel* nicht dein neuer Spitzname für mich ist.«

Nepo nickte.

»Ich gehe zur Tanzschule.« Lina sah auf den Boden.

»Na, dann.« Nepomuk konzentrierte sich ganz fest. In Gedanken spielte er Klavier, Liszts *Liebestraum*. Das übte er gerade zu Hause. Er nickte Lina aufmunternd zu. »Dann machen wir uns mal auf den Weg.« Zusammen liefen sie schweigend bis zur Tanzschule.

Honig

Durch eine große Glasscheibe sah sie den Männern und Frauen beim Tanzen zu. Lina saß umgezogen auf der Holzbank im Umkleideraum und wartete auf den Beginn der Stunde. Im Tanzsaal lief House-Musik. Hämmernde Beats brachten die Glasscheibe zum Vibrieren, dazu wurden Pirouetten gedreht. Die grazilen Bewegungen der Tänzer waren faszinierend. Lina hatte gedacht, dass man Ballett immer zu klassischer Musik machen musste, Beethoven, oder so. Die Tänzer trugen auch keine Strumpfhosen, sondern Jogginghosen und alte Pullis, grün und rosa, dazu dreckige Socken. Die Neonlampen leuchteten hell vor dem weiß gestrichenen Backstein. Lina konnte ihren Blick nicht abwenden. Schließlich kam der Ballettlehrer, streckte Lina die Zunge raus und zog den Vorhang vor die Glasscheibe.

»Hallo, ihr Lieben!«, Gili kam in die Umkleide. »Na, seid ihr fertig?«. Die anderen Tanzschüler nickten, streckten die Daumen nach oben. Ein Junge, der schon etwas älter war und lange, glatte, blauschwarz schimmernde Haare hatte, lächelte cool: »Logo.«

Lina sah, wie Gili ihr zunickte, während sie alle in den Tanzsaal gingen. Sie wusste nicht, was sie fühlen sollte. Aufgeregt war sie, ein mulmiges Gefühl blubberte in ihrem Bauch. Aber sie war auch neugierig. Lina gefiel der Tanzsaal mit dem weißen Backstein. Er war sehr groß und hell. Es gab viele Fenster und eine ganze Wand aus Spiegeln. Über diese zog Gili nun lange, beige Vorhänge.

»Sucht euch einen Platz im Raum, der euch gut gefällt und stellt euch ganz locker hin. Prima! Wir fangen an.« Gili begann, sich langsam hin und her zu wiegen. »Spürt die Musik in euch, spürt die Bewegung, die euer Körper machen will. Und dann macht sie einfach. Denkt nicht so viel nach, lasst euch durch den Raum fließen.« Sie fügte der anmutigen Bewegung ihrer Hüften die Schultern hinzu und wiegte langsam den Kopf hin und her.

Lina starrte wie hypnotisiert auf die Tanzlehrerin. Sie sah aus wie ein Gemälde, das sich bewegte. Atemberaubend schön. Ihr wurde ganz heiß. Sollte sie jetzt auch ... na ja, tanzen? Einfach so? Sie wusste ja gar nicht, wie man das machte.

»Wenn ihr nicht wisst, wie ihr anfangen sollt«, Gili lächelte Lina zu, »könnt ihr auch erst einmal das nachmachen, was ich tue und dann ganz entspannt eure eigene Bewegung finden.«

Lina war hin- und hergerissen. Es war ihr peinlich, aber die anderen Schüler waren ganz konzentriert bei der Sache. Der Junge mit den schwarzen Haaren machte große, greifende Schritte mit seiner weiten Hose. Er sah aus wie ein eleganter Kranich. Sie atmete tief in ihren Bauch ein, schloss die Augen ... und gab nach. Sie konzentrierte sich auf die Musik. Sie war schön, tief und gleichmäßig, mit Geigen und Cellos. Deren Klänge fühlten sich an wie warme Wassertropfen auf der Haut. Lina mochte Sommerregen und begann, sich sanft hin- und her zu wiegen.

»Stellt euch vor, ihr seid unter Wasser ... eure Bewegungen sind langsam und schwerelos, ihr schwebt.« Gili breitete die Arme in Zeitlupe aus und begann zu gleiten.

Lina schwebte durch das Blau des Meeres, sie war ein Seelöwe, eine Koralle, ein gewaltiger Wal.
Gili kreiste ihre Handgelenke. »Spürt in eure Hände hinein. Stellt euch vor, dicker Honig fließt durch sie hindurch.«

Süßer, schwerer Honig tropfte durch Lina. Sie breitete langsam die Arme aus und bewegte sich ganz zart im Takt der Musik. Vorsichtig ließ sie sich in den Honig sinken, wurde eins mit ihm. Das Cello spielte Streifen, lila, blau und grün. Lina lächelte.

»Spürt eure rechte Schulter. Spürt ganz genau hin. Wie fühlt sie sich an?«. Gili begann, ihre Schulter langsam zu kreisen, erst ganz klein, dann immer größer. Sie zeichnete Wellen in die Luft.

Linas Schulter fühlte sich bleiern an, sie konnte den schweren, schwarzen Marmor von heute Morgen noch in sich fühlen, kalt und glatt. Sie bewegte sie vorsichtig, zog immer größere Kreise und zeichnete schließlich Pinselstriche in das honigfarbene Blau und wurde dabei leichter und leichter. Die Musik wurde kraftvoll und schwoll schließlich zu einer gigantischen Welle an, die Lina packte und ins Universum zu den Sternen schoss. Sie vergaß völlig, wo sie war. Aber das war auch nicht wichtig. Viel wichtiger war, *dass* sie war.

Spaghettikürbisse und Spargel

»So, wie ich höre, war heute ein besonderer Tag für dich.« Suses Mutter reichte Lina einen Teller voller Essen und sah sie verschmitzt an. »Och, das braucht dir nicht peinlich sein. Bei uns finden wir das toll, wenn man neue Sachen ausprobiert, stimmt's?«. Sie knuffte ihren Mann in die Seite.

Der lachte. »Wann hast du denn das letzte Mal etwas Neues ausprobiert, mein Mondstückchen?«. Er knuffte sie zurück. »Daran kann ich mich gar nicht erinnern.«

»Das liegt daran, dass du so alt bist, mein Dicker. Suse, mein Schatz, nimm dir doch noch vom Kartoffelsalat.« Sie tat ihrer Tochter auf. »Erinnerst du dich? Erst letzte Woche«, fuhr Suses Mama fort, »habe ich einen Spaghettikürbis gekocht. Hat man sowas schon mal gehört? Mit Algen. Japanische Carbonara im Kürbis. Frau Schmitt-Stocker aus dem zweiten hat mir den Vogel gezeigt, als ich ihr von dem Rezept erzählt habe. Also, wenn das nichts Neues ist, weiß ich auch nicht.« Suses Vater gluckste, schüttelte den Kopf und griff nach dem Ketchup.

»Haben wollte es die Schmitt-Stocker natürlich trotzdem, die alte Kartoffel.«

»Mama!«.

»Doch, doch, sie ist eine Kartoffel!«.

»Bitte, Mama! Was soll denn Lina denken?«.

»Lina ist natürlich keine Kartoffel.« Sie sah Lina an. »Oder höchstens eine tanzende Kartoffel.« Sie zwinkerte ihr zu.

Lina grinste. »Also Frau, Birol, wenn überhaupt, dann bin ich ein Spargel. Aber ein grüner, bitte. Die weißen find ich fad.«

»Oh ja!«, sagte Suses Papa, während er vergeblich versuchte, das Ketchup aus der Flasche zu schütteln. »Ich weiß ja gar nicht, was ihr mit dem weißen Spargel habt. Ihr werdet ja total verrückt, wenn die Saison beginnt. Dabei hat man das Gefühl, als würde man auf dem Finger einer Wasserleiche herumkauen.«

»Also wirklich!«, empörte sich Suses Mama. »Das ist doch ekelhaft. Wir essen.«

Die Mädchen kicherten.

»Jetzt erzähl uns doch mal vom Tanzen, Spargelmädchen«, sagte Suses Mutter. Lina hatte sich gerade ein Spinat-Feta-Röllchen in den Mund geschoben. »Momempf«, sagte sie. Sie kaute und schluckte es schnell hinunter. »Also ja, am Anfang war es schon etwas seltsam und peinlich, aber es … ja, es hat Spaß gemacht, als ich mich so ein bisschen aufgewärmt hatte. Also, so im Kopf, mein ich.« Sie nahm sich noch ein Röllchen. Es war schön, dass man sie bat, etwas von sich zu erzählen und ihre Antwort dann auch volle Aufmerksamkeit bekam. »Es hat sich richtig gut angefühlt, also in meinem ganzen Körper. Als wäre der aus Honig. So bin ich dann langsam durch den Raum getropft. Und«, sie hielt inne. Da war sie wieder, die weiße Tanzhalle mit den riesigen Fenstern und den großen bunten Sitzbällen in den Regalen. Die Sonne schien. Sie spürte die Leichtigkeit, die Farben und die Musik. »Und ich hatte so ein Gefühl, so ein … ganz tolles.«

Suses Papa sah sie gespannt an. »Erzähl mal, was war das für ein Gefühl? So wie wenn man Schokokuchen mit Schlagsahne isst?«. Er lächelte verträumt.

»Oder wenn man die Küche geputzt hat und alles blitzt und blinkt?«. Suses Mama lächelte ebenfalls.

»Oder wie wenn man alle Hausaufgaben erledigt hat und schon heimlich für die nächste Stunde vorlernt?«. Suse bekam ganz rote Wangen.

»Nein, so ein Gefühl, wie wenn da nichts um einen herum ist ... als ob man ganz viel Platz hätte und tief atmen kann. Fast ein bisschen so wie fliegen.«

Die Birols hingen an Linas Lippen. Keiner sagte ein Wort.

»Und der Körper ist völlig still, obwohl er sich ja eigentlich bewegt. Man fühlt sich leicht, aber auch schwer, also gut schwer ... als wäre man ein Baum, mit ganz starken Wurzeln. Und dann ist man wieder ein Vogel und fliegt leichtfüßig durch die Luft.«

»Schön«, freute sich Suse.

»Poetisch«, bemerkte Herr Birol.

»Ich muss unbedingt wieder zum Zumba«, sagte Suses Mama.

Mit roten Wangen, satt und glücklich, ging Lina nach Hause. Ihr Kopf war zum Bersten mit Bildern gefüllt. So viel war heute passiert! Die leckeren Röllchen bei Suse, der Schokoladenkuchen danach und Suses Papa, der darüber höchst entzückt war. Wie Suses Mama ihn angestrahlt hatte. Bei den Birols war vieles ganz anders als bei Lina zu Hause. All das gute Essen! Es war auch so gemütlich, obwohl die Wohnung kleiner war als das Haus ihrer Eltern. Die Familie wirkte fast wie aus einer Serie. Gerne würde

Lina mehr Folgen davon sehen. Sie atmete die kühle Luft und zählte Straßenlaternen. Sie erinnerte sich an die Socken der Tänzer und Tänzerinnen, den weiß gestrichenen Backstein des Tanzstudios und lächelte. Sie musste unbedingt Oma davon erzählen! Was für ein langer Tag es doch gewesen war. Sie fühlte sich verändert, völlig anders als heute früh in der Schule. Schule? Die Treppe ... Peng! Da war sie wieder. Das Bild schob sich ihr gewaltsam in den Kopf. Ihr Magen zog sich zusammen. Sie fühlte es wieder, dieses schreckliche Gefühl zu ersticken, ihr viel zu schnell schlagendes Herz. Lina blieb stehen und schloss die Augen. Sie erinnerte sich an Nepomuks Hand auf ihrer Schulter. Sie hatte Glück gehabt, dass er genau im richtigen Moment da war und wusste, was zu tun war. Ihre Miene verfinsterte sich. Was hatte er gesagt? *Panikattacke*? Sie wusste nicht, ob sie Oma danach fragen sollte. Lina wollte weder Panik haben noch Attacken. Sie seufzte. Aber daran konnte sie jetzt nicht denken. Es gab im Moment wichtigere Aufgaben. Sie musste nach Hause und Mama belügen.

Marmeladengefühl

Linas Papa anzuflunkern war keine große Sache. Erstens war er meistens sowieso nicht zu Hause und zweitens hatte er kein gutes Gespür für die Gefühle anderer Menschen. Manchmal dachte Lina, er sei ein bisschen wie ein Roboter. Deswegen mochte ihn wahrscheinlich auch Herr Donnerberger, sein Chef so gerne. Es ist sehr praktisch, wenn die Arbeit von einem Roboter erledigt wird. Keine Gefühle, kein Drama, aber dafür immer alles rechtzeitig fertig. Lina fragte sich, ob sie auch ein Roboter sein konnte. Also nur dann, wenn es darum ging, Mama zu belügen. Immerhin war sie ja die Tochter ihres Vaters und somit biologisch betrachtet zur Hälfte Roboter. Lina hatte das Gefühl, dass das eigentlich ein Satz war, den Snu sagen würde. Snu? Was er wohl gerade so machte? Vielleicht sollte sie ihn fragen, aber sie hatte keine Zeit. Das Tanzen, die neuen Freunde und jetzt auch noch das Lügen ... Sie hatte so viele andere Dinge zu tun. Also gut, dachte Lina, dann schalte ich mal meine Gefühle aus und funktioniere. Sie drückte die Klinke der Haustür herunter.

Auf der anderen Seite der Tür stand bereits die Mutter. Schon seit einer halben Stunde war sie im Flur auf und ab getigert und hatte die Rückkehr ihrer Tochter erwartet.

Ob es Lina bei der neuen Freundin gefallen hatte? Besser als zu Hause? Die Tür öffnete sich und sie bemühte sich, entspannt zu wirken. »Und? Hattest du einen schönen Abend bei Suse?«.

Lina atmete tief ein und schaltete gedanklich den Roboter an. Es war wohl das Beste, wenn sie sich kurz halten würde. »Ja. War gut.« Sie wollte an der Mutter vorbei zu ihrem Zimmer. Die ließ sie aber nicht passieren.

»Gesprächig bist du heute nicht, hm?«.

»Ich bin ziemlich müde«, sagte Lina.

»Was habt ihr denn bei Suse gemacht?«, fragte die Mutter.

»Gegessen. Und dann hat sie mir noch ihr Zimmer gezeigt.«

»Und?«. Die Mutter versperrte Lina weiterhin den Weg.

Die schnaubte leise. Warum wurde sie hier befragt wie eine Schwerverbrecherin? Lina war genervt. »Sehr ordentlich«, antwortete sie. »Das hat sie höchstwahrscheinlich von ihrer Mutter. Die liebt Putzen.«

»Aha.«

»Kann ich jetzt in mein Bett?«. Ein Schatten huschte über das Gesicht der Mutter, aber sie gab den Weg frei. »Bitte.«

In den nächsten Tagen spürte Lina den Blick ihrer Mutter oft auf sich ruhen. Es war neu, dass sie nicht permanent am Laptop klebte. Es fühlte sich aber nicht gut an, beobachtet zu werden. Überhaupt war einiges neu in letzter Zeit. Die Sonnentage waren komplett verschwunden. Obwohl das Mutterwetter unbeständig war, gab es immerhin eine Konstante: es änderte sich ständig. Doch seit dem letzten Sonnentag war viel Zeit vergangen. Das Grau herrschte vor, unterbrochen nur von den üblichen Gefühlsexplosionen. Die Mutter war in letzter Zeit noch viel gereizter als sonst. Vielleicht lag es daran, dass sie wieder zugenommen hatte. Die Mutter mochte das nicht. Aber es war eine teuflische Spirale: Sie fühlte sich traurig und um bessere Laune zu bekommen, aß sie Schokolade.

Am darauffolgenden Sonntag saß die Familie beim gemeinsamen Frühstück. Der Vater guckte in den Kühlschrank. »Haben wir keine Milch mehr?«.

Lina vergrub ihr Gesicht in ihrer Hand. Manchmal tat er ihr leid. Würde er es nie lernen?

Die Mutter blickte auf, ihre Augen blitzten. »Willst du damit sagen, ich kümmere mich nicht gut genug um die Familie?«. Sie konnte es nicht fassen: Sie fühlte sich allein gelassen. Was sie sich wünschte, war ein Mann, der sie unterstützte. Gerade jetzt, in diesen Zeiten. »Ist es das?«, fragte sie ihn. »Denkst du, ich erfülle meine Mutterpflichten nicht? Weil ich zu sehr mit meiner Weiterbildung beschäftigt bin?«. Sie funkelte ihren Mann zornig an.

»Wie kommst du denn jetzt darauf? *Milch*, Hanna. Ich frage nach der Milch. Sonst nichts.«

Lina spürte das nur zu gut bekannte Stechen in der Magengegend. Nein, sie hatte keine Lust auf das ewig gleiche Theaterstück. Sie wollte sich unbedingt dieses neue schöne Gefühl bewahren, das am Donnerstag in ihr gewachsen war. Das Honiggefühl. »Ich muss noch lernen«, sagte sie und stand ruckartig vom Frühstückstisch auf.

»Am Sonntag?«, ihre Mutter fuhr herum.

»Ja, wir haben morgen einen Test. Ist wichtig.« Und schon war sie aus der Küche verschwunden.

Oben in ihrem Zimmer zog sie ihr Tagebuch aus der Schublade ihres Schreibtischs. Lina wollte für den Fall vorsorgen, dass der schreckliche schwarze Marmor wiederkäme. Sie musste das Tanzgefühl bewahren! Es war so, so wundervoll gewesen! Sie schloss die Augen und versuchte, noch einmal einzutauchen: hinein in all das Blau, die Streifen aus Musik, den Honig ...

Snu kam um die Ecke getapst und gähnte. »Abend.« Er trug einen lila Morgenmantel, passend zu seinen Tupfen.

»Pssst, ich versuche, mich zu konzentrieren.« Lina kniff die Augen zusammen. »Außerdem ist es Morgen.«

»War 'ne lange Nacht gestern.« Snu gähnte. »Aber hier bekommt man ja kein Auge zu, so laut ist das Umblättern der Seiten.«,

»Tut mir leid, aber es ist wirklich wichtig. Ich muss ein Gefühl festhalten.«

»Damit es nicht wegrennt?«.

»Genau.«

»Also, du versuchst, es zu konservieren, so wie in einer Dose? Ein Dosengefühl?«

»Ja. Nein. Ich weiß es nicht. Dosengefühle schmecken irgendwie fad. Eher so wie ...«, sie überlegte angestrengt. »So wie Marmelade vielleicht. Man nimmt das Gefühl und kocht es ein und dann kann man noch ganz lange immer wieder davon naschen.«

»Marmeladengefühl. Alles klar. Ich widme mich dann eben wieder meinem Schönheitsschlaf.« Snu trottete in Richtung Kopfkissen davon.

Lina sah auf das Blatt. Marmeladengefühl. Sie dachte an die Bäckerin und begann zu schreiben:

Mein Handgelenk fließt
in tausend Richtungen
malt es Farben es durch die Zeit
die es nicht mehr gibt

Meine Honigherz bebt
durch Wasser
schwebt
es ganz, ganz langsam
ich zerfließe mich in Glück

Lina betrachtete ihren Text. Sie war für den Anfang zufrieden.

»Psst, Oma? Bist du noch wach?«. Lina spitzte durch den offenen Türspalt in die Gemächer ihrer Großmutter. Oma sah von ihrem Buch auf und nahm ihre Lesebrille ab. Sie saß im Ohrensessel, ihrem Nachdenksessel, wie sie ihn nannte. »Ja, bin ich, liebste Lina. Was gibt es denn?«.

»Oma, ich habe ein Gedicht geschrieben.«

»Ach ja?«. Ein Lächeln breitete sich auf dem Gesicht der alten Dame aus.

»Ja, damit ich mich besser an das Tanzgefühl erinnern kann. Willst du es mal sehen?«.

»Wie wäre es denn, wenn du mir es vorliest?«.

»Vorlesen?«.

»Ja, Gedichte sind wie kleine Lieder. Sie müssen zum Klingen gebracht werden. Nichts klingt schöner als Gefühl. Das funktioniert übrigens auch mit Klavierspielen. Je mehr Gefühl, desto schöner klingt es.«

»Hm, ich weiß nicht.« Lina scharrte mit dem Fuß auf dem Boden.

»Alles zu seiner Zeit, keine Eile. Dann lese ich es gerne selbst. Aber ich wünsche mir, dass du es mir irgendwann einmal vorträgst. Egal, wann. Ok?«.

»Gut, ich verspreche es.«

Lina reichte ihr das Tagebuch, die Großmutter setzte sich ihre Brille wieder auf und begann zu lesen. Sie lächelte. »Ach Lina. Es ist wunderschön. Die Bäckerin wäre stolz auf dich.« Sie gab Lina das Tagebuch zurück. Das Mädchen strahlte.

»Jetzt werde ich nie vergessen, wie sich das Tanzen angefühlt hat!«.

»Das ist ziemlich praktisch, muss ich zugeben.« Die Großmutter zögerte. »Aber hast du vielleicht schon einmal daran gedacht, dass du vielleicht – ich weiß, das ist eine total verrückte Idee – wieder hingehen könntest? Vielleicht sogar jede Woche?«.

Lina zuckte zusammen. »Jede Woche?«, fragte sie. »Aber ich kann doch nicht ...«. Ihre Stimme versagte. »Wie soll das denn gehen? Mama und Papa ...«. Sie stockte wieder.

Oma runzelte die Stirn. »Fühlt es sich falsch an?«.

Lina konzentrierte sich auf ihren Magen. Er war eng und krampfig, aber nur im ersten Moment. Da war noch etwas anderes. Etwas, das flirrte, kitzelte und sie schwindelig machte. Gut schwindelig. Ihr Bauch kribbelte vor Aufregung. Und irgendetwas regte sich in ihr, irgendetwas war anders. »Nein, es fühlt sich nicht falsch an. Es fühlt sich *verboten* an«, sagte sie und grinste verschmitzt.

Lügen stricken

In den nächsten Wochen lernte Lina drei Dinge: Bananenbrot backen, tanzen und lügen. Es war die schönste Zeit ihres Lebens. Am Wochenende buk sie mit ihrer Oma allerlei Köstlichkeiten, die sie Gili vorbeibrachte. Im Gegenzug durfte sie donnerstags kostenlos an der Tanzklasse teilnehmen. Suse und ihre Eltern waren weiterhin Komplizen in der Operation »Lina tanzt« und luden das Mädchen jeden Donnerstag zu sich zum Essen ein. Überhaupt war Lina jetzt öfter bei Suse, machte mit ihr Hausaufgaben und spielte mit dem Familienhund. Wenn Lina dann abends nach Hause kam, musste sie geschickt ihre Mutter an der Nase herumführen. Dabei ging es um zwei Dinge: keinen Verdacht aufkommen zu lassen und keine Spuren zu hinterlassen. Mit der Zeit hatte Lina den Trick raus: Sie musste Lügen aus Wahrheiten stricken. Wurde sie zum Beispiel gefragt, was sie am Nachmittag gemacht hatte, sagte sie: »Musik gehört und mit Suse NaWi gelernt.« Dass die Musik, die sie gehört hatte, aus den Lautsprechern des Tanzstudios kam, verschwieg sie einfach. Und technisch gesehen, war das Spielen mit Wuschi, dem wilden Terriermischling der Familie Birol ja doch irgendwie NaWi lernen. Sie studierten eben das Verhalten von Hunden. Ein-, zweimal war Suse jetzt auch schon bei ihr gewesen, um Hausaufgaben zu machen. Ein Novum im Hause Luft, Gäste gab es nicht oft. Alles wurde anders. Vor allem Lina.

Neulich hatte sie nach der Schule mit Ivo die Hausaufgaben-AG geschwänzt. Da Nepo und Suse jeweils mit Astronomie-Club und Religionsunterricht beschäftigt waren, mussten sie sich keine Sorgen machen, dass die Freunde sie deswegen zur Rechenschaft ziehen würden.

Gemeinsam liefen sie zum Bäcker, um sich Schaumzuckermäuse und Brause-Ufos zu holen.

»Und, wie findest du das Tanzen jetzt eigentlich? Fühlst du dich schon wie ein Schwan?«, fragte Ivo.

»Wie ein Schwan?«. Sie grinste. »Ein bisschen. Liegt bestimmt an den Strumpfhosen.«

»Wie ...«, Ivo kratzte sich am Ohr, »also wie fühlt es sich denn so an, eine Strumpfhose zu tragen? Ich, äh, ich frage für einen Freund.«

»Na ja ...«. Lina dachte an die dicken grauen Wollstrumpfhosen in ihrem Schrank. »Das kommt drauf an. Es gibt kratzige und sehr ungemütliche. Es ist, hmm ... «, sie überlegte kurz, »alles eine Frage des Stoffes. Wenn der weich ist, dann fühlen sich die Beine gut verpackt an. Sie gibt einem das Gefühl, dass alles richtig sitzt. Man fühlt sich auch beweglich. Meine Oma hat mir für das Tanzen eine echt schöne geschenkt. Blaulilapink geringelt.«

»Mmh-hm.« Ivo lief eine Weile schweigend neben ihr her.

Lina sah ihn an. »Du, Ivo?«.

»Ja?«'

»Kann ich dir etwas verraten? Ein Geheimnis?«.

»Klar. Wenn es um Strumpfhosen geht, immer. Nur lass mich mit doofem Mädchenkram in Ruhe, der interessiert mich nicht.« Er schnitt eine Grimasse.

Lina verdrehte die Augen. »Ok, pass auf: Was ich gerne mal tragen würde, ist ein Tutu.«

»Ein was?«.

»Ein Tutu.«

»Was ist denn das? Klingt wie ein kaputter Krankenwagen.«

»Nein, das ist der Rock, den Ballerinas tragen. Aus Tüll.«

»Ach, dieses Ding, das aussieht wie ein Ufo?«.

»Wie jetzt, Ufo?«.

»Na ja«, sagte Ivo,« oder halt ein Keks. Als wär da so ein Keks um die Ballerina herumgewickelt.«

»Aha.« Lina dachte nach. »Ja, ich glaube, du meinst schon das Richtige.«

»Hmm. Sieht aus wie ein kuscheliger Keks.« Er schüttete sich Brause in den Mund.

»Ja, in der Tanzschule gibt es für die Ballettklasse Übungs-Tutus.«

»Wahnsinn, drei Üs! Drei! Wenn du ein Tiefkühl-Übungs-Tutu hättest, sogar vier. Das ist ultrageil. Um nicht zu sagen: *ültrageil.*«

»Manno! Jetzt hör mir doch mal zu.« Lina wurde ungeduldig.

»Mensch, Ivo, ich erzähle dir hier gerade ein super geheimes Geheimnis und du zählst Üs.«

»Oh, ach so, ja. Tschuldigung. Also Tutus. Du möchtest eins anprobieren? Mach doch.« Für Ivo war das überhaupt keine Frage. Er hatte schon viele Sachen ausprobiert: Pommes mit Softeis? Logo. 30 Purzelbäume hintereinander? Easy. Man musste doch rausfinden, ob das alles auch so viel Spaß machte, wie man sich vorstellte.

»Na, aber ich bin ja nicht in der Ballettklasse. Ich bin ja auch nur illegal in meiner Tanzstunde. Weil Oma und ich Gili mit Gebäck bestechen.«

»Du bist mit deiner Gangster-Oma in so einer Art Nussschnecken-Mafia? Voll geil, ey.«

»Dreimal S«, sagte Lina.

»Was?«, fragte Ivo.

»Ach, nichts.« Sie seufzte. Ob er verstand, was es ihr bedeutete? Sie hatte die Tutus neulich gesehen, als ein paar Ballettschüler nach ihrer Klasse für eine Aufführung geprobt hatten. Grazil wie Schwäne schwebten sie durch die Umkleide. Eines der Tutus streifte Lina am Arm. Der Stoff fühlte sich wundervoll an. Sie hatte tagelang an nichts anderes denken können.

»Aber Lina, wenn du sowieso schon Teil der Mafia bist, kannst du doch auch einfach in die Tanzschule einbrechen!«.

»So ein Blödsinn, das würde ich nie machen. Am Ende bekomme ich Hausverbot.« Was für ein schrecklicher Gedanke. Aber wenn sie daran dachte, dass die Abmachung Gebäck-gegen-Tanzstunden ohne das Wissen ihrer Eltern sowieso auf extrem dünnem Eis stand, bekam sie Magenschmerzen.

»Manchmal muss man was riskieren«, sagte Ivo und zuckte die Schultern.

»Pffff. Zieh du erst mal 'ne Strumpfhose an, dann reden wir weiter.«

Ivo lachte. »Nein, nein, nein. Den Tag wirst du nie erleben, Lina Ballerina.«

Die Sonne ging unter und leuchtete in schönstem Orangerosa – und Ivos Ohren leuchteten ein klein wenig mit.

Wie eine Blüte im Frühling

Dass Lina sich mehr und mehr öffnete »wie eine Blüte im Frühling«, wie Suses Mutter sagte, blieb niemandem verborgen: Linas Großmutter lauschte andächtig den Ausführungen ihrer Enkelin, wenn sie davon erzählte, wie sie in Honigform durch die Welt tropfte. Ivo nahm mit Begeisterung zur Kenntnis, dass Lina doch wirklich ziemlich wild war und kein Wettklettern, Wettrennen oder Wettpurzelbaumen ausließ (es stand 22 zu 17 für Ivo). Herr Hummel freute sich über ihr wachsendes Interesse am Fach Deutsch, ihre außergewöhnlichen Gedichte und sogar über ihre Tagebuch-Geschichten, die sie ihm nun ab und zu zeigte. Ihre Kreativität begeisterte ihn: Ihre Familie als ungewöhnliche Superhelden. Nicht schlecht. Vor allem die Geschichten über diesen Herrn Neufeld brachten ihn zum Lachen.

Auch Linas Mutter bemerkte die Veränderung, allerdings mit wachsender Skepsis. Sie fragte sich, was mit ihrer Tochter los war. So kannte sie sie gar nicht. Das war nicht mehr *ihre* Lina. Kaum noch zu Hause, dafür ständig bei diesen ... wie hieß die Familie nochmal? Die Mutter eine Putzfrau und der

Vater, ja was machte der eigentlich? Und dann diese zwei Jungs, die immer mit Lina und Suse zusammen waren. Dieser Nepomuk war kein guter Umgang, ständig dieses Fluchen. Und Ivo war so ein, na ja, so ein *Junge*. Dieser Raufbold hatte nichts Gutes im Kopf. Es schmerzte die Mutter, dass Lina so viel Zeit anderswo verbrachte. Je mehr sich ihre Tochter in die Außenwelt vorarbeitete, desto stärker fühlte die Mutter eine Leere in sich. Lina entfernte sich von ihr. Wurde sie überhaupt noch gebraucht? Der Gedanke schmerzte. Aber da sie nicht in diese tiefe Leere hineinblicken wollte, vielleicht auch gar nicht konnte, wurde sie stattdessen wütend. In Wahrheit war es nämlich viel einfacher, wütend zu sein, als sich mit unangenehmen Gefühlen auseinanderzusetzen. So begann sie zu denken, dass Lina ein undankbares Kind geworden war: Sie selbst schuftete und rackerte sich ab, um ihrer Tochter die besten Chancen zu ermöglichen und das war der Dank? Sie brauchte sofort Schokolade.

Einzig Linas Vater hatte keinen Schimmer davon, was gerade passierte. »Und? Wo warst du heute?«, fragte er sie hin und wieder mal. Anfangs sagte sie noch »Bei der Hausaufgaben-AG« oder »Lernen bei Suse.« Zwar antwortete er ihr stets mit »Ja, schön«, aber es entging Lina nicht, dass er dabei nicht von seinem Laptop aufsah. Schnell wurde ihr klar, dass dies eine Standardantwort war – und zwar auf alles:

»Wo warst du heute?«.

»Auf Klassenfahrt in Mittelerde.«

»Ja, schön.«

»Einkaufen in der Winkelgasse.«

»Ja, schön.«

»In einem Dimensionsloch.«

»Ja, schön.«

So vergingen einige glücklich-geheime Monate im Hause Luft. Und während Linas Grinsen breiter und ihre Wangen immer röter wurden, begann ihre Mutter innerlich langsam zu köcheln. Erst ganz leise, auf kleiner Flamme. Aber jedes Mal, wenn Lina nach Hause kam, schnurstraks durch das Haus Richtung Großmutter lief und sich die Tür zwischen den beiden und ihr selbst schloss, zischte es gefährlich im Kopf der Mutter. Druck baute sich auf - wie in einem Schnellkochtopf.

Je bunter und fröhlicher das Draußen von Linas Welt wurde, desto mehr verwandelte sich das Drinnen ihrer Mutter in ein waberndes Geschwür, das jeden Moment zu bersten drohte.

Hinter dem großen Benjamin

Lina konnte nicht schlafen. Sie beschloss, sich ein Glas Wasser zu holen und schlich die Treppe zur Küche hinunter. Plötzlich hörte sie Stimmen. Die Küchentür war angelehnt, es brannte Licht.

»Ihr habt heute wieder gebacken, nicht wahr?«, fragte die Mutter.

»Ja. Die leckeren Pistazien-Schoko-Schnecken, für die Nachbarin gegenüber. Lina möchte das nächste Mal auch Suses Eltern welche mitbringen.«

»Das nächste Mal.« Es folgte ein langes Schweigen.

»Ist es dir nicht recht, dass sie jetzt eine Freundin hat?«, fragte die Großmutter schließlich. »Das war doch eine Idee des Direktors, soweit ich das verstanden habe. Echte Freunde finden.«

»Ja.« Die Mutter schwieg erneut. Sie rang mit sich. Sollte sie? Eigentlich wollte sie ja nicht, aber es wäre doch besser, wenn ... Nein, nein, sie hatte keine Lust auf Streit. Allerdings war es auch nicht in Ordnung, dass ihre Mutter ihr einfach ihr Kind wegnahm. Das war wirklich nicht fair. Schließlich platzte es beleidigt aus ihr heraus: »In dir scheint sie ja ebenfalls eine sehr gute neue Freundin gefunden zu haben.«

»Wir verstehen uns gut, Hanna. Ich bin sehr dankbar dafür, dass ich diese Zeit mit meiner Enkelin verbringen darf. Ist das für dich in Ordnung?«.

»Doch, doch. Natürlich. Das Kind soll ja etwas von ihrer Großmutter haben.«

Lina wusste, dass das nicht ernst gemeint war.

Die Mutter fuhr fort: »Schließlich hat sie ja jahrelang auf dich verzichten müssen, nicht wahr?«.

Nun war es die Großmutter, die schwieg.

»Aber mach dir mal nichts draus. Das ist ja nicht schlimm.« Es brodelte gefährlich in Hanna Luft. »Das ist doch sogar ganz hervorragend. Tauchst hier nach Jahrzehnten auf und kannst endlich die gute liebe Oma sein. Ich nehme mich doch gern zurück, mich sieht hier ja ohnehin jeder als die Böse.«

»Niemand sagt, dass du eine böse Mutter bist, Hanna.«

»Nein, *gesagt* wird das nicht. Aber ich sehe doch, wie ihr mich anschaut. Hannes und du. Welche Blicke ihr euch zuwerft. Und jetzt manipulierst du auch noch Lina.«

»Hanna, das geht zu weit. Du siehst Dinge, die überhaupt nicht da sind.«

»Ach ja? Ständig hängt Lina oben bei dir herum. Und diese neue Freundin ist auch nicht der beste Umgang. Lina hat sich verändert. Zum Schlechten.«

»Aber Hanna! Das Mädchen wird älter und kommt langsam in die Pubertät. Da ist es doch normal, dass sie sich verändert. Lass sie doch einmal etwas ausprobieren. Sie klein zu halten, ist keine gute Idee.«

»Was weißt du schon von Pubertät? Du solltest dich echt mit deinen Erziehungstipps zurückhalten, Mutter. Soweit ich mich erinnere, bist du nun wahrlich keine Expertin auf dem Gebiet.«

Die Großmutter seufzte. »Wir haben darüber gesprochen. Ich konnte damals nicht.«

Die Mutter erhob ihre Stimme. »Du *wolltest* nicht!« Sie wurde schrill. »Du hast damals eine bewusste Entscheidung getroffen. Und jetzt kommst du zurück, platzt in unser Leben, als wäre nichts gewesen. Du spielst dich auf wie eine Königin und bringst meine Tochter auf bescheuerte Ideen. Du kannst nicht mehr gut machen, was du mir angetan hast. Nie wieder!«

»Hanna, bitte. Ich habe doch gesagt, dass ich mich mit der Vergangenheit auseinandersetzen möchte.«

»Nein. Das könnte dir so passen. Diese Chance hast du vertan. Du bist für mich gestorben.«

Die Tür flog auf und Lina duckte sich hinter dem großen Benjamin im Flur weg. Ihre Mutter stürmte davon. Lina bewegte sich nicht, ihr Herz klopfte bis zum Hals. Leises Schluchzen war aus der Küche zu vernehmen und oben knallte die Tür.

Lina wusste nicht, wie ihr geschah. Sollte sie zur Großmutter?

Plötzlich öffnete sich lautlos die Toilettentür gegenüber. Herr Neufeld versuchte, sich unbemerkt herauszuschleichen. Hatte er auch mitgehört? Als er Lina erblickte, blieb er stehen.

»Rückzug!«, befahl er.

Linas Brust schnürte sich zusammen, sie spürte wieder die schwere Steinplatte. »Aber Oma …«, flüsterte sie.

Herr Neufeld schüttelte energisch den Kopf. »Vermintes Gelände. Sei vorsichtig. Nicht, dass hier noch alles in die Luft fliegt.« Lina atmete tief ein und aus. So leise sie konnte, schlich sie zurück in ihr Zimmer.

Weiterschreiben

»Hey Lina! Na, alles klar?«. Ivo warf ihr einen Fußball zu, aber sie reagierte nicht. Der Ball rollte über den Pausenhof davon.

»Ja, passt schon.« Sie versuchte, nicht an das Gespräch zwischen ihrer Mutter und der Großmutter zu denken. Einfach war das nicht. Je mehr sie es wegschob, desto mehr kehrte die Erinnerung daran zurück: *Du kannst nicht mehr gut machen, was du mir angetan hast. Nie wieder!* Die schrille Stimme ihrer Mutter. *Hanna, bitte.* Das leise Schluchzen der Großmutter.

Da war es wieder, das Ziepen in ihrer Brust. Sie versuchte, sich auf das zu konzentrieren, was Ivo sagte.

»Nepomuk und ich wollen uns am Samstag an der alten Brücke treffen und zur Hexenwiese wandern. Kommste mit? Die Suse können wir meinetwegen auch mitnehmen.«

»Ach, wie gnädig«, sagte Suse, die hinter Lina auftauchte. »Vielleicht will ich ja gar nicht mit.« Sie streckte Ivo die Zunge raus.

»Ich glaube, ich muss noch Aufsatz üben«,

antwortete Lina leise. Ihre Mutter hatte gesagt, dass sie ihr ab jetzt Nachhilfe geben würde. Dann müsse sie nicht mehr so oft zu Suse zum Lernen gehen. Sie hatte das »Mutter-Tochter-Zeit« genannt.

Lina überlegte. Eigentlich würde sie gerne mit ihren Freunden den Tag verbringen. Aber nach all dem, was sie hinter dem Benjamin heimlich mitangehört hatte ... nein, das würde alles nur schlimmer machen. Sie war genervt. Und, wenn sie ehrlich war, auch wütend. Warum war es denn immer noch so kompliziert? Jetzt hatte sie endlich Freunde gefunden und in der Schule lief es besser. War es nicht das, was ihre Mutter wollte? Jetzt sollte sie auf ihre Freunde verzichten und dafür mit ihr lernen, pffff. Ein einziges Mal hatten sie sich bisher zusammen hingesetzt und geübt. Die Mutter hatte keine Geduld mit ihr gehabt und Lina war so sehr unter Druck geraten, dass alles noch viel schiefer lief als ohnehin. Die Stunde endete für beide in Tränen und mit dem üblichen »Ich bin nicht eure Kammerzofe!«. Lina schauderte.

»Also wenn ich darüber nachdenke«, sagte sie einem plötzlichen Impuls folgend, »dann habe ich doch Zeit.« Sie spürte wieder das flirrende Kitzel-Kribbel-Gefühl in ihrem Bauch. *Verboten.*

»Prima«, sagte Ivo.

»Und deine Mutter?«, fragte Suse.

»Die kann ihren blöden Aufsatz alleine schreiben.« Zornesfalten machten sich auf Linas Stirn breit. Sich bei Oma zu beschweren, dass sie zu viel Zeit mit Lina verbringen würde. Pah! Ihre Mutter würde schon sehen, was sie davon hatte. Das würde sie sich nicht verbieten lassen. Genauso wenig, wie ihre Freunde zu treffen. So nicht! Sie sah Nepomuk am Schultor. Die Klingel läutete, noch fünf Minuten bis zum Unterricht. »Ich seh euch dann oben.« Lina machte sich in Richtung Nepo davon, sie wollte ihn etwas fragen, etwas Wichtiges.

»Hi, Lina.« Nepo pfiff das R2D2-Geräusch.

»Du, ich habe eine Frage.«

»Wir haben gleich SCHEISSE Deutsch. Ist es eine kurze Frage?«.

»Nein.«

Nepo wirkte gestresst. Er mochte es nicht, zu spät zu kommen.

»Ach, egal.«, sagte Lina, drehte sich um und ging.

Etwas später teilte Herr Hummel Arbeitsblätter aus. »Ich möchte, dass ihr den Text abschreibt, und zwar korrekt. Also Groß- und Kleinschreibung beachten und die richtigen Satzschlusszeichen setzen.«

Lina nahm das Blatt in die Hand. Es sah aus, als sei der Lehrer versehentlich auf die Feststelltaste seines Computers gekommen. Der ganze Text war in Großbuchstaben. Sie seufzte und griff zu ihrem Füller. Sie begann, etwas in ihr Heft zu schreiben, dann riss sie die halbe Seite heraus, faltete sie zusammen und wartete. Als der Lehrer zurück zu seinem Pult ging, warf sie das Briefchen auf Nepos Tisch. Genau in diesem Moment drehte sich Herr Hummel um.

»Lina, ich würde mich freuen, wenn du das schreibst, was ich euch gesagt habe, anstatt ...«, er nahm Nepomuk den Zettel aus der Hand, »... dem lieben Herrn Nepomuk hier geheime Nachrichten zu übermitteln.« Er faltete den Zettel auf, las und stockte. Herr Hummel sah Lina mit großen Augen an, dann blickte er zu Nepo. Er sagte nichts, faltete den Zettel zusammen - und gab ihm Nepomuk zurück. Lina war verwirrt. Normalerweise gab es für Zettelchen Schreiben vom Lehrer eine Verwarnung ins Hausaufgabenheft. »So, meine Damen und

Herren. Weiterschreiben.«, sagte Herr Hummel. Er setzte sich wieder an sein Pult, zog die Augenbrauen zusammen und sah aus dem Fenster.

Loderndes Feuer

Nach der Tanzstunde am folgenden Donnerstag sagte Gili: »Lass uns noch ein bisschen reden, ja?«.

Lina sah auf die Uhr. »Ok.«

»Setz dich mal zu mir.«

Lina wurde mulmig. Hatte sie etwas falsch gemacht?

»Keine Angst«, sagte Gili. »Es geht nur um Folgendes: Die Stunde heute war anders, nicht wahr?«.

Lina errötete. Sie dachte zurück an die warme Klaviermusik, die sich wie Samt an ihre Haut geschmiegt hatte. »Schmelzt«, hatte Gili gesagt und Lina war in die Musik hineingeschmolzen. Die Lehrerin hatte die Lautstärke hochgedreht. »Lasst alles los, was ihr nicht mehr braucht.« Lina zerfloss. Sie war leicht wie eine Feder, blutrot wie loderndes Feuer, sie schwitzte und vergaß zu denken. »Lasst los! Weg mit allem, was euch unglücklich macht.« Peng! Lina sah das Bild ihrer Mutter vor ihrem inneren Auge, nur für den Bruchteil einer Sekunde. Sie hörte ihre schrille Stimme, *nie wieder*, und explodierte in die Bewegung hinein wie tausend starke Stiere. Sie sprühte Funken ... und weinte bitterlich.

Lina blickte beschämt zu Boden. »Ja, es war anders.«

»*Chamuda*, ich möchte dir gern etwas sagen. Du brauchst nicht antworten. Nicht gleich. Ich denke, Tanzen könnte dir helfen. Du hast eine gewaltige Energie in dir, die heraus will. Und Gefühle, die ausgedrückt werden wollen, nein, *müssen*. Tanz ist ein wunderbares Mittel dafür.« Gili sah Lina lange an. Das Mädchen erinnerte sie ein wenig an sie selbst. Schwierige Kindheiten waren leider keine Seltenheit. Sie fuhr fort: »Du hast eine sanfte Seele. Ich sehe viel Gefühl, aber auch viel Angst. Du brauchst mehr Halt im Leben. Den findest du an der Ballettstange. Dort lernst du, stark zu werden, auch in der Seele.« Sie dachte daran, wie sie selbst einst an der Stange dem Wahnsinn, der ihr Leben gewesen war, getrotzt hatte. »Und deine feurige Seite«, die Tanzlehrerin lächelte, »kannst du im modernen Tanz ausleben. Ich glaube, das würde dir gefallen.«

Linas Blick war weiter beharrlich auf den Boden gerichtet.

»Aber es gibt eine Sache, um die du leider nicht herumkommen wirst: Du musst du es deinen Eltern sagen."

INTERMEZZO

Hanna Luft war eine tüchtige Frau. Für jedes Problem fand sie eine Lösung. Egal ob Kühlschrank kaputt, kein Geld für Urlaub oder Schädlinge auf dem Kaktus. Das Einzige, wofür sie keine Lösung parat hatte, war dieser dicke schwarzgraue Gefühlsklumpen in sich selbst. Sie redete nicht darüber, wie es einst zur Entstehung des Klumpens gekommen war und wollte sich auch nicht daran erinnern. Sie tat viel, um sich nicht mit ihm beschäftigen zu müssen: Jede Woche las sie mindestens zwei Bücher, sie engagierte sich im Kleingärtnerverein, machte hier eine Weiterbildung, da einen Sprachkurs und räumte die Wohnung auf und um. Sie fand Lösungen für alles. Sogar für Probleme, die gar nicht existierten. Das bedurfte dann zwar der Notwendigkeit, dass auch diese Probleme irgendwo gefunden werden mussten, aber wo eine Lösung war, da gab es auch ein Problem. Die gewaltigen Energieschübe, die sie an ihren Sonnentagen so plötzlich bekam, halfen ihr dabei. Das funktionierte soweit ganz gut. Doch seitdem ihre Tochter begonnen hatte, ihre eigenen Wege zu beschreiten, spürte Hanna Luft ein Ziepen von ganz tief unten, ein dumpfes Pochen und Pulsieren. Der Klumpen schrie nach Aufmerksamkeit. Das mochte sie überhaupt nicht. Es wurde schwieriger, ihn zu ignorieren. Eine Lösung musste gefunden werden. Womöglich konnte sie Lina ja auch *aufräumen*, vielleicht brauchte sie nur das richtige Mittel zur Schädlingsbekämpfung.

Hannes Luft war ein tüchtiger Mann. Hochgeschätzt von Kollegen und Bekannten für seine akkurate Arbeit, seine einfachen Lösungen und seine Fairness, war er sehr beliebt in seiner Firma. Freunde hatte er jedoch nicht. Wozu auch? Es gab ja genug zu tun. Und er hatte eine Familie. Seiner Meinung nach hatte er damit seine Pflicht getan. Wenn er nicht in der Arbeit war oder etwas dafür vorbereitete, baute er Flugzeugmodelle. Das war ein sinnvolles Hobby und erforderte eine präzise Vorgehensweise. Hannes mochte es akkurat. Was ihm jedoch nicht so leicht fiel, war, die Gefühle anderer Menschen zu verstehen. Vor allem die seiner Frau. Er wusste nie so genau, was er in den Momenten, in denen sie ihre Emotionen in die Welt hinausexplodierte, tun sollte. Deshalb machte er dann einfach Folgendes: Er hielt die Luft an und machte die Augen zu. Zugegeben, das war weder die erwachsenste noch die eleganteste Lösung, aber es war eine. Möglicherweise dachte irgendetwas in ihm, dass er dann unsichtbar werden und sich die Gefühle seiner Frau von selbst lösen würden. In all dem Strudelwirbel der Emotionen von Hanna Luft vergaß er oft, dass es ja auch noch eine Tochter gab, die womöglich auch Gefühle hatte. Alles nicht so einfach.

Mora Mehringer war eine Frau von Welt. Viel hatte sie gesehen, viel hatte sie erlebt. Die Meere besegelt, fremde Länder bereist und interessante Menschen getroffen. Mora trug das ein oder andere Geheimnis in sich, das sie hinter ihrem schelmischen Lächeln verbarg. Es gab allerdings ein Geheimnis, das schwer auf ihrer Seele lastete. Mora hatte in ihrem Leben natürlich auch Fehler gemacht. Sie war schließlich auch nur ein Mensch und Menschen sind eben nicht perfekt. Gefühle sind eine komplexe Sache und egal, wie viel Tee man trinkt, manchmal überkommen sie einen wie ein Sturm und man verwandelt sich in ein Ungeheuer. Sie wusste, sie war ihrer Tochter in dieser Weise nicht ganz unähnlich.

Das Baby in Hanna Lufts Bauch, von dem zu diesem Zeitpunkt weder Mora noch Lina etwas ahnten, hatte selbst keinen blassen Schimmer, was eines Tages auf es zukommen würde. Gemütlich lag es den lieben langen Tag in Hannas Bauch und ließ dem Leben da draußen seinen Lauf. Ein unbeschriebenes Blatt, unschuldig, keine Gefühlsprobleme. Noch nicht. Aber jeder hat nun mal eine Familie und die meisten Familien sind eben nicht perfekt. Im Gegenteil. Es kommt wohl darauf an, was man daraus macht.

Schwarzer Spiegel

»Heute werden wir uns Stilmittel näher ansehen«, sagte Herr Hummel und unterstrich den Titel an der Tafel. Ein Stöhnen ging durch die Klasse. »Wir beginnen mit der Metapher. Weiß jemand, was das ist?«. Suse meldete sich. »Eine Metapher ist ein Bild aus Sprache. Also sowas wie: *Das Mädchen hat Rabeneltern*. Und das ist nicht wörtlich gemeint, sondern eben ein Bild. Es sind schlechte Eltern und keine echten Raben.«

»Hervorragend, Suse. Gut erklärt.« Der Lehrer schrieb das Beispiel an die Tafel.

»Schneckentempo!«, rief Ivo dazwischen. Herr Hummel nickte.

»Auch ein gutes Beispiel, aber ich möchte nicht, dass ihr dazwischen ru...«.

»Jemandem das Herz brechen«. Brooke-Lynne sah traurig zu Deen.

Luca verdrehte genervt die Augen. »Schnee von gestern«, sagte er.

»Wie ich sehe, seid ihr bereits Experten. Bitte schreibt jetzt eure eigenen Beispiele in euer Heft. Seid kreativ! Und wenn ihr möchtet, könnt ihr gleich noch ein Gedicht daraus machen.« Er zwinkerte den Schülern zu. Die öffneten murrend ihre Hefte.

Lina starrte wortlos auf die leere Seite. Der Stift lag daneben auf dem Tisch.

»Na? Brauchst du etwas Starthilfe?«, Herr Hummel sah sie freundlich an. »Geht es dir gut, Lina?«. Der Lehrer runzelte die Stirn und hockte sich neben sie, doch sie antwortete nicht.

»Pass auf, ich helfe dir ein bisschen. Du kannst zum Beispiel anfangen mit: *Mein Leben ist ...*«.

»... kein Ponyhof«, rief Ivo triumphierend.

Der Lehrer seufzte. »Ja, zum Beispiel. Meinst du, du kannst damit arbeiten?«.

Lina nickte.

»Prima. Suse kann dir bestimmt helfen, wenn du nicht weiter weißt.«

Lina nahm den Stift. Sie fragte sich, was wohl Rabeneltern mit ihrem Jungen machen würden, wenn sie herausfänden, dass ihr furchtbares Kind schon seit Wochen heimlich hinter ihrem Rücken Tanzstunden nahm? Mit Sicherheit würden sie es ihm nicht erlauben, weiter zu tanzen, geschweige denn, noch mehr Stunden zu nehmen. Vor allem, wenn es so aussah, als fehle nicht mehr viel zu einer gewaltigen Rabenmutterexplosion. Ploff! Sie konnte es vor sich sehen: Federn überall. Wahrscheinlich würden Sie ihr Junges aus dem Nest schmeißen. Dabei wollte sie doch unbedingt weiter tanzen, nein, sie *musste*. Lina hatte das Gefühl, dass sie überhaupt gerade erst damit begonnen hatte, sie selbst zu sein. Doch ihre Mutter würde das nicht verstehen. Wahrlich, das Leben war weder ein Ponyhof, noch ein Kindergeburtstag. Aber es musste wohl sein. Sie musste es ihnen sagen. Früher oder später. Sie dachte nach. *Mein Leben ist ...* Lina begann zu schreiben.

Am Ende der Stunde sammelte Herr Hummel die Hefte ein. Lina raffte sich auf und packte ihre Sachen in den Rucksack. Es fühlte sich an, als wäre jedes Buch mindestens fünf Kilo schwer. Sie wusste nicht, wie sie das alles nach Hause bringen sollte. Sie war so müde.

»Lina, kann ich dich kurz sprechen?«, unterbrach Herr Hummel ihre Gedanken.

Oh, nein. Wieso wollten diese Woche nur alle mit ihr reden? Sie schlurfte in Zeitlupe zum Lehrerpult.

»Ja?«. Lina blieb stehen.

»Was ist denn los mit dir? Irgendetwas stimmt doch nicht.«

»Ich bin müde«, antwortete Lina.

»Und das hier?« Er schlug das Heft vor ihr auf dem Tisch auf:

Mein Leben ist ein schwarzer Spiegel
zeigt das Nichts
in unendlicher Doppelung
gehe ich verloren

»Ja. Mein Gedicht .... Und?«. Sie sah ihren Lehrer an. Schatten tanzten unter ihren Augen.

»Lina, ist bei dir zu Hause alles ok?«.

»Ja.«

Herr Hummel schwieg.

»Du weißt, du kannst mit mir sprechen, wenn etwas nicht in Ordnung ist. Oder bestimmt auch mit Suse. Das Leben ist manchmal schwierig. Es hilft dann, mit jemandem über seine Probleme zu reden.«

Lina nickte. Sie nahm das Heft, packte es in ihre Tasche und verließ das Klassenzimmer.

»Schönes Wochenende«, rief Herr Hummel ihr nach, doch Lina war bereits verschwunden.

Willibald Hummel war auf seinem Nachhauseweg tief in Gedanken versunken. Was war nur mit dem Mädchen los? Er machte sich Sorgen. Sicher, die Gedichte zeigten eine Begabung für Sprache, noch nie hatte sich einer seiner Schüler in diesem Alter so ausdrücken können. Und diese wunderbaren Bilder: *In unendlicher Doppelung gehe ich verloren.* War das ein Hilfeschrei? Irgendetwas stimmte da doch nicht, irgendetwas war da faul, vielleicht sollte er doch einmal die Eltern anru... WUMMS! Er machte eine halbe Pirouette, seine Aktentasche flog in hohem Bogen über die Straße, irgendwo schrie eine Katze und hunderte von losen Blättern segelten durch die Luft. Die ältere Dame, die er gerammt hatte, war rücklings gefallen, doch ein Busch hatte den Sturz gebremst. Ihre Einkäufe verteilten sich auf der Straße, Beeren rollten in alle Richtungen.

»Ach, du liebe Güte. Junger Mann, sie sind ja sehr enthusiastisch unterwegs.«

»Oh, Entschuldigung, vielmals. Ich habe Sie nicht gesehen.« Herr Hummel half ihr auf. »Sie haben Brombeerflecken auf ihrem Kleid.«

»Na, da kann man auch nur noch hoffen, dass lila jetzt wieder in Mode kommt. Was haben sie denn da für einen Blätterwust? Da sind ja auch überall lila Flecken drauf. Das waren aber nicht meine Beeren, oder?«.

»Äh, ja, ich ... das sind meine Korrekturen, ich bin Lehrer.«

»Sie korrigieren tatsächlich in lila? Sind sie etwa farbenbli...«. Sie stutzte und ihre Augen leuchteten auf. »Sie sind der Herr Hummel, nicht wahr? Sie unterrichten meine Enkelin, Lina Luft. Sie hat schon viel von ihnen erzählt.« Sie blickte auf die Blätter. »Und von ihrem Faible für Lila. Mora Mehringer, freut mich.« Sie streckte ihm die Hand aus.

Herr Hummel ergriff sie. »Willibald Hummel. Mich auch.« Plötzlich hatte er eine Idee. »Sagen Sie, Frau Mehringer, hätten Sie kurz Zeit für einen Kaffee?«.

»Leider nein, Herr Neufeld und ich haben einen Termin.« Sie deutete auf ihren Tragekorb.

Herr Hummel stutzte.

»Vielleicht kommen Sie ein andermal bei uns zum Tee vorbei? Dann können wir gerne etwas plaudern. Würde mich freuen. Also dann ...«. Und schon eilte sie davon.

Herr Hummel blieb mit offenem Mund stehen und blickte den beiden nach.

Wollläuse

»Frau Luft? Guten Tag, hier Willibald Hummel, Linas Klassenlehrer. Störe ich Sie gerade?«. Linas Mutter ließ die Gießkanne sinken. »Nein, äh, gar nicht, Herr Hummel.« Sie klemmte sich das Handy unters Kinn. »Ich gieße gerade Blumen. Gibt es ein Problem?«. Sie blickte böse auf ihren Kaktus. Sein Grün war verblasst, er sah nicht gut aus. Diese vermaledeiten Wollläuse!

»Nun ja, ich wollte einmal nachfragen, ob denn bei Ihnen zu Hause alles in Ordnung ist. In letzter Zeit mache ich mir Sorgen um Lina.«

Die Mutter schwieg.

»Ich würde außerdem gerne wissen, ob ...«.

»Also bei uns zu Hause ist alles gut.«, unterbrach Hanna Luft ihn wirsch. »Bestens. Könnte gar nicht besser sein. Wieso machen Sie sich Sorgen?«. Der Kaktus hatte früher einmal so schön geblüht, jetzt bekam er braune Flecken.

»Nun ja, ich habe in letzter Zeit eine deutliche Wesensänderung bei ihrer Tochter festgestellt. Anfangs war sie recht still, öffnete sich dann aber mehr und mehr. Sie hat sich wirklich gut in die neue

Klasse integriert und begann, Gedichte zu schreiben. Tatsächlich sehr gute, muss ich sagen.«

»Das ist mir neu«, antwortete Linas Mutter mit Eis in der Stimme. »Lina ist nicht gut in Deutsch.«

»Aber der Inhalt der Gedichte gibt mir zu denken, ich habe den Eindruck, Lina hat gerade sehr stark mit bestimmten Gefühlen zu kämpfen. Und seit einigen Tagen ist sie wie verwandelt. Sie ist müde, unkonzentriert, scheint deprimiert.«

Hanna Luft kräuselte die Lippen. »Sie wissen doch, wie das ist, Herr Hummel. All die Ansprüche, die die Schule hat. Hier einen Aufsatz schreiben, da mal schnell vier Bücher lesen, am besten noch zwei auf Englisch, drei Seiten Mathehausaufgaben – das mag Ihnen als Lehrer nicht klar sein, aber davon wird man müde. Lina hat wirklich eine hervorragende Arbeitsmoral. Da ist es kein Wunder, dass sie etwas durchhängt. Machen Sie sich keine Sorgen. Es wird nicht wieder vorkommen. Guten Tag.« Sie legte auf. Wie schön waren die Zeiten gewesen, als es noch keine Handys gab und man den Hörer noch auf das Telefon knallen konnte. So ein Idiot! Sie wandte sich wütend ihrem Kaktus zu. Das Telefon klingelte erneut.

»Luft.«

»Da ist noch etwas«, sagte Herr Hummel.

»Ich wüsste nicht, was es noch zu …«.

»Ich würde Lina gerne einmal zu unserem Schulpsychologen schicken.«

»Wie bitte?«.

»Es geht um die Katze ihrer Großmutter.«

Burgfräuleins, Hexen, Drachen und Ritter

»Ich muss noch schnell einkaufen, aber danach üben wir Deutsch«, sagte Linas Mutter. Sie sah ihre Tochter mit festem Blick an. Hoffentlich würde das Mädchen das Zittern ihrer Stimme nicht hören. Sie durfte sich nichts anmerken lassen.

Lina gab die einzig mögliche Antwort: »Ja.«

»Und«, das Herz der Mutter begann, schneller zu schlagen, »es gibt da noch etwas, was wir besprechen müssen.« Schweißperlen bildeten sich auf ihrer Stirn.

Lina spürte einen eisigen Schauer im Nacken. Es war soweit. Es gab kein Entrinnen mehr. Die Tanzstunden. Ihre Mutter hatte es herausgefunden.

»Aber wir reden, wenn ich wieder zurück bin.« Sie nahm ihre Jacke und die Schlüssel und verschwand schnurstraks aus der Tür. Lina schloss die Augen und atmete. Tief ein. Tief aus. Wenn sie jetzt mit den anderen zur Hexenwiese ginge, dann … Aber nein, sie wollte nicht daran denken. Sie wollte weder mit ihrer Mutter Deutsch üben, noch dieses *etwas* mit ihr besprechen. Wenn sie ehrlich war, dann wollte sie eigentlich gar keine Zeit mehr … Sie bekam Kopfschmerzen. Worüber hatte sie gerade nachgedacht? Der Gedanke war weg, einfach davongeflogen. Linas Blick fiel auf ihren Rucksack. Ach ja, sie wollte Suse abholen und dann mit den Jungs zur Hexenwiese. Sie rannte schnell in die Küche, packte eine Flasche Wasser, einen Apfel und Bananenbrot ein und machte sich aus dem Staub.

»Was hast du denn dem Nepomuk neulich in Deutsch eigentlich geschrieben?«, fragte Suse, als Lina sie zehn Minuten später abholte.

»Ich, ähm, ich habe ihn gefragt, ob man Fluss mit Doppel-S oder ß schreibt«, sagte Lina und bereute die Lüge sofort. Eigentlich wollte sie doch ehrlich zu Suse sein.

Die runzelte die Stirn: »Was? Wieso hast du denn nicht mich gefragt?«.

»Ach, Suse, es tut mir leid. Das stimmt gar nicht. Es ging um was Anderes, aber das ist mir total peinlich und ich mag gerade nicht darüber reden. Ist das ok?«.

Suse dachte nach. »Ich glaube schon.« Sie gingen einige Minuten schweigend nebeneinander her. Lina bekam Angst. Was, wenn es das nun gewesen ist mit der Freundschaft? Freunde log man nicht an. Aber war es erlaubt, Geheimnisse zu haben? Sie wusste es nicht.

Suse holte tief Luft. »Wenn du irgendwann mal mit mir darüber sprechen möchtest, kannst du das gerne machen.« Sie grinste. »Ich meine, du kennst jetzt meine Familie und die ist ja wohl oberpeinlich. Schlimmer kann es gar nicht kommen.«

Lina wusste nicht, was sie sagen sollte. Ihre Wangen glühten, sie fand keine Worte.

Suse nahm sie bei der Hand. »Komm, wir machen ein Wettrennen: Wer als Erstes bei den zwei Vollpfosten ist.« Suse rannte los und zog Lina hinter sich her. Außer Atem kamen sie bei der Brücke an, wo Ivo und Nepomuk warteten.

»Seid ihr bereit für die Hexenwiese?«, schrie ihnen Ivo entgegen, der auf der Brüstung saß. Dramatisch breitete er die Arme aus.

»Auf Leib und Leben!«, schrie Suse zurück und zog ein unsichtbares Schwert, um es Ivo an den Hals zu halten.

Nepomuk rollte die Augen und klopfte sich zweimal mit der Faust gegen das Schlüsselbein. »Spinner.«

»Na dann, Burgfräuleins, Hexen, Drachen und Ritter: auf gehts!«. Ivo schwang sich vom Geländer und marschierte los.

»Also ich bin ein Ritter. Mindestens.«, rief Suse und lief hinterher. »Ich würde eher sagen eine Hexe«, antwortete Ivo. »Aber das ist prima, dann kannst du uns zur Wiese führen und uns deine Künste vorführen.« Er lachte und rannte davon.

»Na warte, du Mopsgesichtsritter!«, Suse rannte hinterher.

»Na, das kann ja was werden«, sagte Lina. »Sicher, dass wir mit denen dahin wollen? Oder sollen wir einfach immer langsamer werden und dann irgendwann links abbiegen?«.

Nepomuk lachte. Er zog einen Umschlag aus seinem Rucksack. »D-d-das ist für dich.« Er gab ihr den Brief und schlug sich mit der flachen Hand gegen die Stirn. Lina sah ihn fragend an. »Das ist die SCHEISSE Antwort auf deine Frage neulich. Ich kann das BIMBAM BIMINI besser aufschreiben als erzählen.«

»Ok. Danke.« Lina nahm den Brief und steckte ihn ein. »Du sag mal, ich hab noch 'ne Frage.«

Nepomuk zog die Augenbrauen hoch. »Hm?«.

»Also, wenn dein Tourette-Dings eine Krankheit ist, kannst du dafür keine Medikamente nehmen?«.

Nepomuk seufzte wieder. »Schwierig.«

Lina sah ihn fragend an.

»Nebenwirkungen. Viele. Schlaflosigkeit, Müdigkeit, Kopfschmerzen und so,« er klopfte sich zweimal gegen die Brust. »Und es dauert oft, KACKE bis man die richtige Medizin für sich gefunden hat.« Er seufzte. »Gerade nehme ich sogar Tabletten, aber die hemmen nur d-d-die Spitzen.«

»Was bedeutet das?«, fragte Lina.

»Das heißt einfach, dass meine Tics ohne die ARSCHLOCH Tabletten noch viel schlimmer wären. Alles eher weniger schön«, antwortete er.

»Ach so. Ich dachte nur, weil es doch bestimmt schwierig ist, immer Briefe zu schreiben, wenn man sich eigentlich unterhalten will.«

»Na ja. Außer Ivo unterhalten sich nicht so viele Menschen mit mir. Die anderen SCHEISSBLÖDEN Schüler in unserer Klasse mögen mich, glaube ich, nicht so sehr.«

Lina fragte sich, ob das jetzt Tourette war oder ob Nepo die anderen wirklich scheißblöde fand. Oder beides?

»Ja, aber wenn ich mich mit dir unterhalten möchte? Oder Suse mit dir eine politische Umfrage macht? Gut, Ivo redet sowieso die ganze Zeit selbst ...«.

Nepo zuckte mit den Schultern.

»Komm, Lieblingsorange, wir machen auch ein Wettrennen«, Lina stupste ihn an. »Und dann überholen wir die beiden Spinner.« Sie nahm ihn bei der Hand und gemeinsam rannten sie los.

Acht, neun, neuneinhalb ...

Es war dunkel. Lina stand vor ihrer Haustür. Sie wusste, dass sie irgendwann reingehen musste. Aber sie wollte nicht. Hinter ihr knackte es. Sie drehte sich um. Es war Herr Neufeld.

»Kind, Kind. Die See ist alles andere als ruhig, wenn du verstehst, was ich meine. Ich hoffe, du hast deine Rettungsweste dabei.« Er schlich grazil um sie herum, dann machte er sich in Richtung Garten davon.

Lina holte tief Luft. Sie zählte langsam bis zehn. »... acht, neun, neuneinhalb ...«. Sie steckte den Schlüssel ins Schlüsselloch, drehte ihn um und betrat das Haus. Stille. Vorsichtig zog sie die Tür hinter sich zu. Nichts. Auf leisen Sohlen schlich sie in Richtung Küche. Alles war dunkel. Lina legte ihren Rucksack ab. War niemand zu Hause? Sie entspannte sich. Spielte Herr Neufeld nur Spielchen? Sie zog ihre Jacke aus und hängte sie an den Garderobenhaken, als mit einem gewaltigen Schlag die Küchentür aufflog.

Ihre Mutter stand in der Tür wie eine Furie: Das Gesicht puterrot, die Augen sprühten Zornesfunken. Lina erstarrte.

»Ich, ich …«, stammelte sie.

»Ich, ich«, äffte die Mutter sie aggressiv nach. »Mehr fällt dir nicht ein?«. Sie packte Lina am Arm. »Was glaubt es eigentlich, wer es ist, das Fräulein? Sich einfach so aus dem Staub zu machen!«. Ihr Griff wurde fester.

»Au, du tust mir weh.«

»Ich opfere meine Zeit, damit das Fräulein einmal ihr Abitur machen kann, doch die Dame hat Besseres zu tun.« Lina wollte sich dem Griff entwinden, schaffte es aber nicht.

»18 Jahre war ich alt. Noch ein halbes Kind. Wie soll das funktionieren, wenn ein Kind ein Kind bekommt?«. Die Mutter erwartete keine Antwort auf ihre Frage. »Ein Kind, dem die Mutter abhanden gekommen ist.« Sie ließ Lina los. Tränen liefen ihr über das Gesicht. »*Ich* habe kein Abitur. Dir schmeißt man es hinterher und du bekommst es trotzdem nicht hin.«

»Aber ich versuche es doch, Mama. Wirklich!«. Lina zitterte.

»… und dann bist du zu allem Überfluss auch noch geisteskrank.«

»Was? Ich verstehe nicht, was du meinst.«

»Natürlich verstehst du nicht. Wie auch? Die Mutter eine Versagerin, die Tochter eine Versagerin. Ist anscheinend erblich.« Sie lachte hysterisch. »Seit wann sprichst du eigentlich mit Katzen?«.

»Mama, hör auf.«

Die Mutter funkelte Lina zornig an. »Du bist doch nicht ganz richtig im Kopf.« Sie schloss die Augen. »Es war ein Fehler. *Du* warst ein Fehler.« Sie ging zur Garderobe und riss ihre Jacke vom Haken. »Es reicht. Endgültig. Wo ist mein Koffer?«.

Linas Herz gefror. »Was machst du da?«.

»Es ist ein für alle Mal Schluss«, schrie die Mutter. Sie holte eine große Tasche aus dem Garderobenschrank und schmiss sie auf den Boden. Wahllos begann sie, Sachen hineinzuwerfen. Ihre Jacke, einen Schal, ein paar Schuhe.

»Ich, ich ... «, schluchzte Lina.

»Ja, ja, du, du. Immer geht es darum, was *du* willst. Ich muss jetzt an mich denken.«

»Mama, ich verspreche, ich werde mich bessern«, schluchzte Lina.

»Du versprichst hier gar nichts. Ich gehe. Es reicht. Richte deinem Vater aus, dass ihr es jetzt endlich geschafft habt.«

Lina bekam keine Luft mehr. »Nein!«. Sie wurde panisch. Was sollte sie nur tun? Mama durfte nicht gehen. Sie ballte ihre Fäuste, das feuerrote Gefühl ergriff Besitz von ihr. Es war so stark, viel zu stark. Sie musste es sofort loswerden, sonst würde sie explodieren.

Lina merkte, dass jemand an ihren Haaren zog und war überrascht, dass sie es selbst war. Warum würde sie so etwas tun? Sie hörte sich rufen, immer wieder »Nein, geh nicht!«

Aus weiter Ferne schrillte die Stimme ihrer Mutter zu ihr: »Hör auf damit, du dummes Gör.«

Aber Lina konnte nicht. Sie war nicht mehr Herrin ihres Körpers.

Es war ihre Schuld, dass Mama die Familie verlassen würde. Ihr Vater würde sie hassen. Und sie würde ihre Mutter nie wieder sehen. Das feuerrote Gefühl brach sich seinen Weg durch Linas Körper und all die Wut, all der Hass fanden ein Ventil: Das Mädchen legte sich die Hände an den Hals und begann, sich zu würgen.

»Um Gottes Willen, was ist denn hier los?«, die Großmutter kam die Treppe heruntergestürmt. Sie sah die Mutter, dazu den offenen Koffer und Lina, tränenüberströmt, mit wüsten Haaren, so weiß wie eine Wand. Am Hals hatte sie rote Abdrücke.

Das Mädchen sah ihre Großmutter und wurde still. Ihr war so schwindelig. Grüne Punkte tanzten vor ihren Augen, erst ein paar, dann wurden es hunderte, tausende. Sie fühlte sich ganz leicht im Kopf. Plötzlich gaben ihre Knie nach und es wurde dunkel.

Als Lina die Augen öffnete, sah sie Blaulicht. Sie lag auf einer Trage.

»Der Blutdruck ist völlig im Keller«, sagte eine Frauenstimme. Dann wurde alles wieder schwarz. Das nächste, woran sie sich erinnerte, war das Krankenhausbett. Alles war wie von einem Nebel durchzogen. Sie sah, wie Mama in das Zimmer kam. »Mein Lina-Schatz«, sagte sie, »Ich habe es doch nicht so gemeint. Was hast du bloß gemacht?«. Ihr Gesicht verschwamm und es wurde zu dem der Großmutter. Sie sah so besorgt aus. Lina spürte ihre Hand auf der Wange. Sie war blau und lila getupft. Sie schloss wieder die Augen. »Schlaf dich erst mal aus«, sagte Herr Neufeld. »Mama, geh nicht, bitte«, antwortete Lina. Dann schlief sie ein.

Die richtige Lina

»Mein Schatz, ich will doch nur das Beste für dich.«
Die Mutter saß auf Linas Bettrand und nahm sie in
den Arm. Sie drückte sie fest an sich.

Lina ließ es geschehen. Es fühlte sich gut an, so
geborgen. Sie spürte die Wärme der Sonnenstrahlen
ihrer Mutter und wollte sie nie wieder loslassen. Wie
hatte sie nur denken können, dass ... Nein, sie
würde ihre Mutter nicht gehen lassen, niemals.

Die strich ihr übers Haar. »Ich habe mir Sorgen
um dich gemacht, mein Schatz. In letzter Zeit hast
du dich so verändert.« Sie schwieg und sah aus dem
Fenster. Eine Weile lang sagten sie beide nichts,
dann seufzte die Mutter schwer. »Wir können doch
ehrlich miteinander sein, oder?«.

Lina nickte.

»Also ich weiß nicht, deine neuen Freunde ...«.
Sie zögerte. »Die scheinen mir ein bisschen arg
kompliziert.«

Lina sah die Mutter verwundert an. »Wieso denn
denn das?«.

»Seitdem du sie kennst, bist du, na ja, *schwierig*
geworden. Du schleichst dich aus dem Haus, du

schreibst seltsame Gedichte«, sie holte tief Luft, »du sprichst mit Katzen …«.

Lina sagte nichts.

»Das macht mir Angst. Das ist nicht normal. Aber das bist doch auch nicht du. Das ist nicht die *richtige* Lina. Das ist eine andere, eine düstere Version von dir. Nicht das nette Mädchen, das ich kenne und liebe. Nicht das Mädchen, das auf ihre Mama aufpasst und sie glücklich macht.« Sie zog Lina noch fester an sich und küsste sie auf die Stirn. »Du willst doch, dass ich glücklich bin, oder?«.

»Ja, Mama.« Linas Stimme war kaum zu hören.

»Ich weiß mein Schatz, es ist manchmal nicht einfach. Ich habe dich bekommen, da war ich noch sehr jung. Da musste ich auch kämpfen. Aber du hast meinem Leben auch einen neuen Sinn gegeben, verstehst du? Und wenn du jetzt so viel ohne mich machst, dann habe ich das Gefühl, dass mein Leben einfach keinen …«. ihre Stimme brach. Sie schluckte.

»Nein, Mama, ich will, dass du glücklich bist. Ich hab dich doch so lieb.« Lina wischte sich eine Träne aus dem Gesicht. »Aber hast du mich denn auch noch lieb?«.

Die Mutter strich ihr sanft über das Haar. »Natürlich. Meine Lina, die *richtige* Lina habe ich immer lieb.«

»Auch wenn du denkst, dass ich eine Versagerin bin?«. Linas Magen zog sich zusammen.

»Unsinn. So etwas würde ich doch niemals zu dir sagen! Du bist doch mein Schatz!«.

Linas Kopf fühlte sich neblig an. Die Mutter hatte doch gestern eindeutig gesagt, dass sie ... Aber vielleicht erinnerte sie sich nicht richtig. »Bleibst du jetzt bei mir und Papa?«.

»Aber natürlich. Ich kann doch nicht weggehen, wenn es meiner kleinen Tochter so schlecht geht. Du brauchst mich jetzt.«

Lina wusste, was zu tun war. Sie musste sich anstrengen. Sie musste mehr die Lina sein, die ihre Mutter glücklich machte. Eine Lina, die jeden Tag Hausaufgaben macht und für Klassenarbeiten übt. Eine Lina, die nicht stört und nicht tanzt. Die leise ist und im Haushalt hilft. Eine Lina, die sich *richtig* verhält. Die richtig sitzt und richtig antwortet und ihr Rosinenmüsli ohne Meckern aufisst. Ein trauriger Seufzer kam ihr über die Lippen.

Die Mutter lies sie abrupt los. »Du möchtest doch nicht etwa, dass ich gehe? Oder doch?«.

»Nein, nein, Mama.« Lina zwang sich zu einem Lächeln. »Auf keinen Fall.«

Die Mutter nahm sie wieder in den Arm. »Na, dann ist es ja gut, mein Schatz.«

Lina schluckte. Es hatte begonnen. Die richtige Lina war nicht traurig. Egal, wie anstrengend es war, sie musste da durch. Sie würde funktionieren, komme, was wolle – und wenn es ihr nicht gut damit ging, durfte sie es ihrer Mutter auf gar keinen Fall zeigen.

»Na schau, es geht dir schon viel besser«, sagte die.

Am nächsten Tag versuchte Lina, einen Ausflug von ihrem Bett in die Küche zu machen. Tapfer setzte sie einen Fuß vor den anderen, um sich ein Glas Milch zu holen. Es war nicht einfach. Der Weg zurück nach oben war noch viel schwieriger. Sie versuchte, die Treppen zu bewältigen, aber eine gewaltige Schwere in ihren Beinen machte es fast unmöglich. Frau Keller, ihre NaWi-Lehrerin, hatte ihnen erklärt, dass die Erdanziehung eine Kraft ist, mit der die Dinge zu Boden gezogen werden. Gerade fühlte es sich so an, als ob diese Kraft heute besonders stark war. Lina kam kaum voran. Oben ging die Tür auf.

»Lina, magst du auf ein Tässchen Tee zu mir nach oben kommen?«, rief Oma die Treppen hinunter.

Lina seufz... Nein, sie durfte nicht. Sie schluckte den Seufzer herunter, tief und tapfer. »Ich muss noch für die Schule üben. Vielleicht morgen.« Ja, das war das *richtige* Verhalten. Sie musste es nur immer wieder wiederholen, dann würde sie besser darin werden. Irgendwann würde es ihr bestimmt nicht mehr so schwer fallen. Der Duft frischgebackener Zimtschnecken, der verführerisch von oben herab schwebte, schien die Schwerkraft nur noch zu verstärken. Tapfer schleppte sie sich von Stufe zu Stufe, bis sie bei ihrem Zimmer angekommen war. Lina fühlte sich unendlich müde. Sie setzte sich an ihren Schreibtisch, knipste die Lampe an und öffnete ihren Rucksack. Die schiere Flut an Büchern, Heften und Zetteln darin überwältigte sie. Mutlos ließ sie den Kopf hängen.

Für die Schule lernen

Die nächsten Wochen waren enorm anstrengend. Lina ging nicht mehr zum Tanzen, nicht mehr zu Suse. Sie wich ihrer Großmutter aus, wo nur möglich, immer mit der Begründung, sie müsse für die Schule lernen. Das tat sie dann auch. Bis spät abends saß Lina an ihrem Schreibtisch und schrieb die Lernwörter ab. Zehn, zwanzig, dreißig Mal. Sobald sie einen Fehler machte, zerriss sie das Blatt, gab sich selbst eine Ohrfeige und fing von vorn an. Sie musste einfach besser werden! Ihre Aufsätze konstruierte sie mit Spannungsmaus aber ohne Pinguine. Sie übte Mathe bis ihr die Hand abfiel, denn die letzte Klassenarbeit hatte sie auch versemmelt. Lina ließ Snu links liegen und wenn sie Herrn Neufeld im Haus über den Weg lief, herrschte auf beiden Seiten betretenes Schweigen. Sie bemühte sich nach Leibeskräften, die richtige Lina zu sein. Manchmal dachte sie an Gili, die Musik und den Honig. Wenn sie dann bemerkte, wie ihr die Tränen kamen, schluckte sie diese einfach hinunter. Sie *durfte* nicht daran denken. Sie musste ihre Gefühle ausschalten.

Ihre Mutter war sehr zufrieden. »Prima, Lina!«, lobte sie die fertigen Hausaufgaben. »Wundervoll. Siehst du, die richtige Lina hat kein Problem damit. Die richtige Lina wird gute Noten bekommen und es zu etwas bringen!«.

In der Schule schrieb Lina nun Gedichte wie:

Die Katze lag auf der Matratze
Sie schnarchte wirklich furchtbar laut
wer hat ihr die Milch geklaut?

Überraschenderweise war es nicht so schwierig, Suse und Nepo aus dem Weg zu gehen. Auch sie waren im Lernstress. Alle wollten gute Noten im Jahreszeugnis haben. Alle? Nein. Ein tapferer Ritter leistete Widerstand: Ivo scherte sich nicht darum, ob er eine Eins oder eine Vier bekam. »Das ist mir total oberfurzegal. Ich werde sowieso einmal auf dem Schrottplatz meines Vaters arbeiten. Oder ich werde einfach Fußballprofi. Abi braucht man dafür nicht.«

»Na ja, eine Bundeskanzlerin ohne Abitur wird schwierig«, sagte Suse und kaute nervös auf ihrer Unterlippe.

»Geht aber«, sagte Herr Hummel, der gerade ins Klassenzimmer kann. »Fun Fact: Wusstet ihr, dass man als Politiker nicht unbedingt Abitur braucht?«.

»Oh. Aber man muss doch klug sein? Politik ist so kompliziert«, antwortete Suse. Sie war besorgt um ihre Karriere.

»Das auf jeden Fall, aber ich würde jetzt mal behaupten: Nicht jeder, der Abitur hat, ist klug. *Es gibt immer so'ne und solche*, wie man so schön sagt.«

»*Und dann jibts noch janz andere*«, warf Ivo ein und nickte Richtung Luca und Deen, die gerade guckten, wie tief sie sich ihre Stifte in die Nase stecken konnten.

Mit einem Seufzer fuhr Herr Hummel fort: »Denkt daran: Es gibt verschiedene Arten von Intelligenz. Matheprobleme lösen zu können ist etwas anderes als soziale oder emotionale Intelligenz. Oder die Fähigkeit, eine Waschmaschine zu reparieren. Kann nicht jeder.«

Lina war genervt. Das Gequatsche interessierte sie nicht. Es war jetzt wichtig, dass sie eine gute Arbeit schrieb, nein, eine sehr gute. Sie wiederholte im Geiste immer wieder ihre Lernwörter. *Allmählich*, Doppel-L, Dehnungs-H. Wenn sie eine Eins nach

Hause brächte, würde ihre Mutter nicht mehr abhauen wollen. *Schließlich,* scharfes S und I-E. Sie würde bei ihr und ihrem Vater bleiben und alle würden glücklich sein.

»Aber gut«, fuhr Herr Hummel fort, »eine halbwegs gute Lese- und Rechtschreibfähigkeit braucht man einfach in jedem Beruf. Deswegen: Hefte weg, wir schreiben jetzt die Klassenarbeit.« Die Schüler murrten.

»Wir beginnen mit dem Diktat.«

Lina murmelte noch immer die Lernwörter vor sich hin: »Wer *nämlich* mit h schreibt, ist dämlich«.

»Und der, der das Diktat diktiert, ist ein Diktator«, sagte Ivo. Suse versuchte, sich ihre Nervosität nicht anmerken zu lassen. Nepo war hochkonzentriert und bereit für alles.

Herr Hummel begann vorzulesen: »Das Faultier lebt vorwiegend in Mittel- und Südamerika. Das Faultier ... lebt ...«.

Lina starrte weiter auf ihr Blatt. Sie wollte schreiben, aber es ging nicht. Sie konnte die Hand nicht bewegen.

»... vor-wie-gend ...«.

Sie begann zu schniefen. Erst leise, dann immer Lauter und ohne Unterlass. Herr Hummel sah sie besorgt über sein Diktatpapier hinweg an. »Lina, ist alles in Ordnung?«.

Sie musste sich zusammenreißen, das war nicht die richtige Lina. Das war die falsche, die düstere, die sich da ihren Weg bahnen wollte. Sie biss die Zähne zusammen. Ihre Hände ballten sich zu Fäusten, als ob sie den wütenden Stier mit bloßen Händen bekämpfen wollte.

Sie konnte, sie musste, sie durfte nicht, aber was tun mit all den Gefühlen, der Wut, der Angst, der Traurigkeit, dem Schmerz und dieser Wut, dieser verdammten, scheißverfickten Wut. Sie rang nach Luft. Ihr Herz schlug bis zum Hals. »Ich, ich … kann nicht atmen.« Sie hatte das Gefühl zu ersticken. Ihr Kopf war leer, die Brust war eng. Sie drohte zu platzen und mit einem Mal brach unkontrolliertes, hysterisches Schluchzen aus ihr heraus, das nicht zu stoppen war.

Kreise

Wirft man einen Kiesel in einen ruhigen See, entstehen Kreise auf der Oberfläche, die langsam größer werden und sich immer weiter ausbreiten. Der See kommt in Bewegung. Nach diesem doch sehr denkwürdigen Donnerstag, an dem Lina ihre Klassenarbeit mehr als nur im See versenkt hatte, nahmen die Kreise in ihrem Leben an Fahrt auf.

Zum einen gab es da die Zeugniskonferenz in der Schule. »Kommen wir zu Luft, Lina«, sagte Herr Hummel. Die Klassenlehrer raschelten mit ihren Noten- und Notizbüchern.

»Ik jeh nochmal Kaffee-Nachschub holen. Noch jemand Kuchen?«. Herr Toff, der Sportlehrer, erhob sich .

»Können wir damit warten, bis wir hier durch sind? Wir sind erst bei L angekommen und gerade Lina ist ein wichtiger Fall.«

»Also in Sport isse 'n bisschen schüchtern, bewegen kannse sich aber. Könnte ne jute Läuferin werden. Statur und Ausdauer hat se.« Toff setzte sich wieder.

Herr Hummel rieb sich die Stirn. »Es geht um

Folgendes: Lina steht in Deutsch auf einer Fünf und in Mathe seit der letzten Klassenarbeit leider auch. Sie hat wirklich hart gearbeitet und es sah so aus, als würde sie in Deutsch den Viererschnitt noch schaffen, aber bei der letzten Klassenarbeit hatte sie eine Panikattacke.«

»Ja, dann muss sie nachschreiben, oder?«, sagte Dr. Strauß-Bloom, die Englischlehrerin.

Herr Hummel seufzte. »Ich fürchte, ganz so einfach wird das leider nicht werden.« Die Lehrer der Klassenkonferenz blickten ihn fragend an.

Zur gleichen Zeit schrie Hanna Luft ihre Mutter an: »Attest?! Was denn für ein Attest? Für *Diktatangst*? So ein Quatsch! Lina hat kein Problem. Das Fräulein hatte einfach keinen Bock.«

»Aber Hanna, wenn ihr Lehrer sagt, dass es ernst war ...«.

»Ernst, pah! Der hat doch keine Ahnung, dieser Schluffi. Korrigiert mit lila und hat bescheuerte Ideen. Der mit seinem Sozialpädagogen-Scheiß kann mir gestohlen bleiben. Willibald! Wer heißt denn heute bitte noch so? Scheißname, Scheißlehrer! Lina hätte bei der Baumleitner bleiben sollen. Da hätte sie was gelernt. Und wieso gibt er *dir* Auskunft am Telefon? Das darf der rechtlich überhaupt nicht.«

»Hanna, verstehst du nicht, was hier los ist? Es geht um das Wohl deiner Tochter. Und wenn die Schule eine psychologische Untersuchung nahelegt ...«.

»Misch dich da nicht ein! Du hast hier nicht über meine Tochter zu bestimmen.«

Immer noch zur selben Zeit saß Hannes Luft in seinem Arbeitszimmer. Er hörte von draußen dumpf die schrill streitenden Stimmen seiner Frau und Schwiegermutter. Hannes setzte sich Kopfhörer auf und drehte die Musik lauter. *Motörhead.* Hörte er immer, wenn seine Frau ... Aber pssst! Das durfte niemand wissen. Er starrte auf seinen Laptop. Hanna hatte er gesagt, er müsse den Bericht für den Donnerberger fertig machen, aber tatsächlich scrollte er durch Youtube-Videos. Er entdeckte eines über Pinguine. Er mochte Pinguine. Die fand er irgendwie entspannend. Er stellte die Musik aus und klickte das Video an. Es ging um einen Pinguin, der sich von seiner Kolonie getrennt hatte. Während die anderen alle entweder in Richtung Meer liefen oder zurück zum gemeinsamen Futterplatz, entfernte sich dieser eine immer weiter von den anderen. Er ging in

Richtung der Berge, die für ihn den sicheren Tod bedeuteten. Der Erzähler des Videos mutmaßte, dass der Pinguin das Leben mit den anderen nicht mehr ertragen konnte. Erstaunlich, dachte Hannes, dass der Pinguin den Tod in den Bergen dem Leben mit seiner Familie vorzog.

Die Türe flog auf:»Hannes!«, rief seine Frau aufgebracht.»Hast du denn etwa NICHTS dazu zu sagen?«.

Er nahm die Kopfhörer ab.»Du weißt doch, dass ich, äh, arbeite.«

Sie fuhr sich durch die Haare.»Es geht hier um *das Wohl unserer Tochter.* Frag meine Mutter. Sie ist neuerdings Expertin in Erziehungsfragen.«

Hinter Hanna kam Linas Großmutter zum Vorschein.»Hannes, wenn jetzt sogar schon die Schule bei uns anruft! Da müssen wir doch was unternehmen!«. Sie war seit dem Streit zwischen Lina und ihrer Mutter, der im Krankenhaus endete, schrecklich besorgt – um ihre Enkelin, aber auch um ihre eigene Tochter. Beide brauchten professionelle Hilfe, so viel war ihr klar. Es war ihr natürlich nicht entgangen, dass sich Lina seit dem Vorfall völlig verändert hatte. Dass sie deswegen selbst Herrn

Hummel angerufen hatte und nicht umgekehrt, behielt sie für sich.

»Die Schule hat angerufen? Was ist denn passiert?«. Hannes war verwirrt.

Hanna schlug sich mit der flachen Hand gegen die Stirn. »In welcher Welt lebst du eigentlich? Unsere Tochter hat ihre Zukunft in den Sand gesetzt und jetzt will sie der Hummel zum Psychologen schicken.«

Linas Vater sagte nichts.

»Ja, offenbar ist dir das völlig schnuppe. Auf wessen Seite stehst du eigentlich?«.

Er hob abwehrend die Hände. »Ich hab doch gar nichts getan.«

Die Großmutter sah Hannes an. »Vielleicht ist genau das das Problem.«

Hanna stapfte mit dem Fuß auf. »Ich lebe in einem Irrenhaus!«, schrie sie erbost und machte auf dem Absatz kehrt.

»Und deshalb«, fuhr Herr Hummel fort, »glaube ich nicht, dass Linas Eltern einem Gespräch mit der Schulpsychologin zustimmen werden.

»Das ist ein Jammer. Gerade jetzt, wo sie sich doch so gut in die Klassengemeinschaft eingefügt hat«, bemerkte Dr. Strauß-Bloom.

Herr Toff zuckte mit den Schultern. »Jejen die Eltern könnwa nüscht machen.«

»Ich fürchte nur, dass Lina sehr darunter leiden wird. Nein, anders. Ich fürchte nur, dass Linas Mutter nicht damit einverstanden sein wird, wenn ihre Tochter eine Klasse wiederholen muss.«

»Ja, aber wenn die Entwicklung grundsätzlich positiv ist, ist das Abitur doch noch nicht vom Tisch«, warf Frau Keller, die junge NaWi-Lehrerin ein. »Ihren mittleren Schulabschluss bekommt sie auf jeden Fall hin.«

»Versuch dat ma der ollen Luft zu verklickern. Die hat doch een' an der Waffel, wenn de mich fragst.«

»Fritz, lass uns mal sachlich bleiben.« Herr Hummel rieb sich wieder die Stirn. »Aber ja, es geht eben nicht anders. Wenn kein Attest für die Klassenarbeit vorgelegt wird, ist es eine Sechs. In diesem Fall muss Lina die Klasse wiederholen.«

Grau

Es klingelte an der Haustür. Lina lag in ihrem Bett. Sie war heute nicht in der Schule gewesen. Gestern auch nicht. Das Nicht-Aufstehen-Können hatte direkt nach dem Nicht-Schreiben-Können der Deutsch-Klassenarbeit begonnen. Sie war nach Hause gekommen und so erschöpft gewesen, dass sie sich sofort ins Bett gelegt hatte. Und seitdem war sie, außer um sich aufs Klo zu schleppen, nicht mehr aufgestanden. Die Schwerkraft hatte sie fest im Griff. Alles war grau. Sie fühlte sich leer.

Unten öffnete ihre Mutter die Tür. Lina hörte gedämpfte Stimmen, dann Schritte. Es klopfte an ihre Zimmerür. »Ja?«, flüsterte sie. Die Tür öffnete sich und Gili steckte ihren Kopf herein.

»Lina? Du bist krank? Deswegen warst du nicht beim Tanzen ...«.

Lina konnte nicht sagen, ob es eine Frage oder eine Feststellung war. Sie setzte sich auf. Ihr Herz schlug ein wenig schneller beim Anblick der Tanzlehrerin.

»Ja. Mir geht es nicht gut.«

»Und letzte Woche? Warst du da auch schon krank? Und die Wochen davor?«. Gili legte den Kopf schief.

»Ich ...«. Lina kamen die Tränen. »Ich kann nicht mehr kommen.«

Gili setzte sich auf die Bettkante und strich ihr über das Haar.

»Ich möchte, aber es geht eben einfach nicht.« Lina schniefte.

Gili sah sie ernst an. »Ich verstehe. Du weißt, meine Tür ist offen für dich, *Chamuda*. Unterdrücke nicht das Feuer, das in dir lodert. Sonst erlischt deine Seele. Das ist nicht gesund.« Sie stand auf. »Ich gehe noch deine Oma besuchen. Du weißt ja, Bananenbrot.« Gili zwinkerte ihr liebevoll zu. Ihre Sommersprossen blitzten.

Lina kullerten heiße Tränen über das Gesicht. »Tschüß, Gili.«

Später steckte die Mutter den Kopf ins Zimmer. »Lina, da ist jemand am Telefon für dich. Aus deiner Klasse? Eine Angela Adenauer?«.

Lina lag lustlos in ihrem Bett und sah aus dem Fenster. »Hm.«

»Willst du nicht mit ihr telefonieren?«.

»Nein.«

Das Gesicht ihrer Mutter hellte sich auf. »Na, dann können wir ja ein bisschen Diktat üben.«

»Mir geht es nicht gut.«

»Was, immer noch? Aber du musst jetzt wirklich dranbleiben, sonst rutschst du wieder ab. Mathe haben wir uns auch noch nicht angesehen.«

»Ok. Kann ich vorher ein bisschen schlafen?«.

»Gut.«

Die Mutter zog die Tür zu und Lina sich die Decke über den Kopf. Wieder kamen die Tränen. Sie konnte einfach nicht aufhören zu weinen. Sie wusste nicht mehr weiter. So gerne wollte sie wieder tanzen und ihre Freunde sehen, doch das ging nicht mehr. Was sie dafür aufs Spiel setzte, war nicht nur die Liebe ihrer Mutter, sondern das Glück der ganzen Familie. Sie musste sich entscheiden. Es war eine Entscheidung, bei der sie nur verlieren konnte. Lina vergrub ihr Gesicht im Kissen. Nichts würde mehr gut werden. Nie wieder. »Ich hasse mein Leben«, murmelte sie leise und sackte erschöpft in sich zusammen.

U-u-uuuhrenvergleich

Was Lina nicht wusste, war, dass sich ihre Freunde just in diesem Moment auf dem Spielplatz hinter dem Klettergerüst trafen, um zu besprechen, was zu tun sei.

»Wir müssen sie aus dem Bett kriegen«, sagte Suse mit besorgter Miene und steckte ihr Handy in die Tasche. »Sie geht nicht mal mehr ans Telefon.«

»Aber wie s-s-sollen wir das schaffen?«. Nepo kickte das Klettergerüst. Suse war ratlos. Ivo legte die Stirn in Falten.

»Was guckst du denn so böse?«, fragte Suse.

»Pssst, Frau Bundeskanzlerin. Ich denke nach. Das ist mein Nachdenkgesicht.«

»Du siehst aus wie ein ARSCHLOCH alter Mann«, sagte Nepo.

»Ruhe! Ich wünsche keinen Kommentar.«

Nach einer Weile hellte sich sein Gesicht auf. Ivo legte sich den Zeigefinger an die Nase. »Ich hätte da so eine Idee«, sagte er und grinste breit. »Aber sie ist riskant, sie ist verrückt, sie ist unfassbar krass. Und sie erfordert Mut, von uns allen.« Ivo schlug sich pathetisch gegen die erhobene Brust und fuhr mit lauter Stimme fort. »Wir können nicht zulassen, dass Lina von den fiesen, grauen Monstern des Nichts aufgefressen wird. Unsere Freundin steckt fest, und zwar in der unendlichen Doppelung eines schwarzen Spiegels. Und wir müssen sie befreien! Freunde, das Schicksal hat uns zusammengeführt, hier und heute an genau diesem Klettergerüst. Nun müssen wir mit vereinten Kräften in die Schlacht ziehen! Ich habe einen Plan. Und wenn ihr mir folgt, dann werden wir heute Geschichte schreiben!«.

Suse runzelte die Stirn. »Du guckst wirklich zu viele Filme.«

Nepo zuckte erst mit dem Kopf, danach mit den Schultern. »W-w-was ist denn dein Plan?«.

Ivo grinste immer noch. »Kommt mal näher.« Die drei steckten die Köpfe zusammen.

»Ivo, verd-d-d-dammt nochmal, das ist eine geniale Idee! Hervorragend!«, rief Nepo.

Suse wiegte den Kopf hin und her und sagte schließlich. »Hat was. Ungewöhnlich, aber hat was. Könnte klappen.«

»U-u-uuuhrenvergleich.« Nepomuk streckte seine linke Hand aus. Ivo und Suse taten ihm dies gleich.

»Mann, Ivo, wo ist denn deine Uhr?«. Suse war genervt.

»Ins Klo gefallen.«

»Ja, aber wie sollen wir jetzt planen?«, fragte sie.

»I-i-isst doch egal, wir g-g-gehen einfach los, VERDAMMT.«

Suse seufzte. »Bitte. Dann eben los.«

Gemeinsam machten sich die drei Freunde auf den Weg. Sie hatten sich ihren Plan genau überlegt. Die Mission konnte beginnen.

Bei Lina angekommen, klingelte Suse an der Haustür. Nepo und Ivo schlichen einmal um das Haus herum, an Herrn Neufeld vorbei, in den Garten. Zu dritt würde Linas Mutter sie niemals reinlassen, deshalb mussten die Jungs das Feld von hinten aufrollen. Vorne öffnete die Mutter die Haustür.

»Ja?«. Ihr Blick fiel auf Suse, ihr Gesicht verhärtete sich. »Suse ... Lina ist krank. Sie braucht jetzt Ruhe. Keine Besuche.«

»Guten Tag, Frau Luft. Ja, ich weiß. Ich will ihr nur kurz die Hausaufgaben von heute vorbeibringen.«

»Du hättest ja auch anrufen können.«

»Na ja, die Aufgaben von heute sind schon etwas kompliziert. Das muss ich Lina dann genau erklären.

Herr Hummel hat uns dazu auch noch Arbeitsblätter gegeben und das ist nämlich so ...«.

Während Suse also vorne Linas Mutter mit den feinen Finessen trennbarer Präfixverben verwirrte, kletterten die Jungs hinten am Haus über den Baum hoch zu Linas Fenster. Nepomuk war sofort oben, doch Ivo hatte Schwierigkeiten.

»M-m-mach schon!«, Nepo blickte hektisch um sich.

»Ich hänge fest!«, Ivo sah nervös nach unten.

»Gib mir deine Hand! Und halte dich fest, Mann, du bist viel zu ...«.

»Aaaaaaaaaah!«. *Knacks.*

»Was war das?«, Linas Mutter drehte sich in Richtung Garten.

Suse musste schnell denken. »Es klang wie eine Katze. Linas Oma hat doch eine, oder? Herr Neufeld? Er scheint ein kluges Tier zu sein, was Lina so erzählt.«

Die Mutter sah sie wütend an. Ob das Mädchen etwas wusste? Sie wollte nicht über Herrn Neufeld sprechen, aber platzte es aus ihr heraus: »Dieser grässliche Kater. Streunt überall herum und legt mir tote Mäuse vor die Tür.«

»Ja, Frau Luft, ich kann Sie gut verstehen.« Suse stellte einen Fuß in die Tür. »Ich persönlich mag Mäuse auch nicht. Vor allem keine toten.« Sie lehnte sich nach vorne und legte eine Hand auf die Klinke. »Also, meine Tante hatte mal eine Katze und die hat Tauben immer die Köpfe abgebissen. Jeden Tag war ein neuer Kopf im Wohnzimmer. Sie können sich nicht vorstellen, wie das gestunken hat! Also wenn Sie mich fragen, dann ... «.

»Ja, ja, schon gut.« Die Mutter verdrehte die Augen. Diese Suse war wirklich unglaublich nervig. »Dann geh kurz nach oben und gib ihr die Aufgaben. Beeile dich aber. Lina braucht Ruhe und keine Aufregung. Das hier ist ein anständiger Haushalt.« Sie ließ das Mädchen herein. »Nicht so wie bei euch«, murmelte sie ihr noch hinterher.

»Das war haarsch-sch-sch-scharf.« Nepo hockte auf dem großen Ast vor Linas Fenster, Ivo saß abgekämpft neben ihm. Er hatte Kratzer am Arm.

»Oh, Mann. Ich muss echt mehr Sport machen«, stellte er fest.

»Also, wenn du ARSCHLOCH wirklich Fußballprofi werden willst, auf jeden Fall.«

Ohne anzuklopfen marschierte Suse schnurstracks in Linas Zimmer

»Lina?«.

»Hmmm?«, antwortete es zögernd von unter der Bettdecke.

»Lina, wir müssen dir was sagen.«

Sie schlug die Decke zurück und sah Suse verwundert an. »Wir?«.

»Fenster«, antwortete die.

Lina sah nach oben und sah die plattgedrückten Nasen der Jungs.

Lina setzte sich auf. »Was ist denn los? Ihr solltet wirklich nicht hier sein.«

Suse öffnete das Fenster. Ivo und Nepomuk manövrierten sich sich ins Zimmer.

»Hübsch hast du es hier«, Ivo sah sich um und rieb sich den Arm. »Aber lüften solltest du mal. Lass mal Fenster offen.«

Nepo stupste ihn an. »I-I-Ivo m-m-möchte dir etwas sagen, Lina.«

Lina sah zu ihrem Klassenkameraden, der sich theatralisch vor ihr aufbaute.

»Liebe Lina«, begann Ivo, »angesichts der Tatsache, dass deine Seele offenbar sowas wie eine Grippe hat, haben wir beschlossen, dass es nur eine Sache gibt, die dich wieder gesund machen kann.«

Lina sah ihn fragend an, blickte zu Nepomuk, dann zu Suse. »Ja?«

Ivo schwieg bedeutend. »Lina, ich möchte …«, er holte tief Luft, »Ich möchte eine Strumpfhose anprobieren. Mit Tutu.«

Rücklings

»Mann, ey!«, Ivo kickte mit hochrotem Kopf einen Stein.

»Ivo, cool bleiben jetzt. Wir machen das.« Suse schritt entschlossen voran.

»M-m-meinst du, sie kommt noch?«. Nepo blickte auf den Boden und klopfte sich zweimal kurz auf die Brust.

»Ja.« Suse ließ sich nicht beirren. Klar, war es scheiße gewesen, dass sie Lina nicht aus dem Bett gekriegt hatten.

»Dabei war unser Plan so gut«, sagte Nepo.

»Wirklich scheiß gut«, grummelte Ivo. »Mann! Dann, wenn du scheiße sagen könntest, machste es nicht. Alter!«

»Pffff!«, antwortete Nepo beleidigt.

»Jetzt reißt euch mal zusammen, wir müssen das durchziehen. Ich bin mir sicher, Lina kommt noch.« Suse musste stark sein und zuversichtlich bleiben. Sie durfte sich nichts anmerken lassen. Das müssen Bundeskanzlerinnen in der Krise tun, auch wenn es nicht so einfach ist. Natürlich machte sie sich Sorgen um ihre Freundin. Wenn nicht einmal ein Ivo in

Strumpfhosen Lina überzeugen konnte, dann war es echt schlimm um sie bestellt.

Plan A hatte nicht funktioniert und Plan B war nicht wirklich vorhanden, daher beschlossen die drei Freunde Folgendes: Sie würden einfach ohne Lina zum Tanzstudio gehen, denn wer würde sich schon Ivo im Tutu entgehen lassen? Jedenfalls nicht Suse und Nepo. Und Beschluss war Beschluss. Insgeheim hofften sie natürlich, dass Lina es sich doch noch anders überlegen und nachkommen würde.

Zur selben Zeit stand erneut ein ungebetener Gast vor dem Hause Luft. Willibald Hummel war gerade im Begriff, an der Tür zu klingeln, da wurde diese auch schon geöffnet. Hanna Luft wollte eigentlich einkaufen gehen.

»Oh«, sagte sie.

»Huch«, erwiderte Herr Hummel.

Beide sahen sich an.

»Sagen Sie jetzt nichts. Sie wollen bestimmt mit Lina die Hausaufgaben besprechen.« Die Mutter blickte ihn zornig an.

»Ich äh, wollte zunächst einmal mit Ihnen über Linas Attest und ihre Versetzung reden. Und dann ja, wenn es in Ordnung ist, würde ich auch gerne mal kurz bei ihr vorbeischauen.«

Die Mutter rollte mit den Augen. »Bitte. Kommen Sie rein.«

Zehn Minuten später klopfte der Lehrer an Linas Tür. »Ich bins, Herr Hummel. Darf ich reinkommen?«.

»Meinetwegen.«

Vorsichtig öffnete er die Tür und spitzte ins Zimmer. »Lina! Schön, dich zu sehen. Wie geht es dir?«.

Lina setzte sich im Bett auf und sah ihn mit traurigen Augen an. Sie seufzte. »Nicht so gut.«

»Es wäre schön, wenn wir dich bald wieder in der Schule sehen würden. Hier, guck mal. Die anderen Schüler haben dir eine Karte geschrieben. Das Gedicht ist von Luca. Also eigentlich ist es ein Rap.«

Lina nahm die Karte und las:

Ey wir fermissen dich vol ey
wir finden dich tol hey
Saug deine Gefühle nicht lehr
sonst muss der Schidsrichter her
Dagegen helfen keine Stire
du musst sie killen die Gefühlsvampiere!!!!!!

Ein Hauch Rosa schoss in Linas Wangen. »Schön«, sagte sie und gab Herrn Hummel die Karte zurück.

»Du kannst sie behalten«, sagte er.

»Schon gut. Danke für den Besuch.«

»Gerne.« Er wandte sich schon halb zum Gehen.

»Komm bald wieder, ja?«. Er schaute noch einmal zu Lina und winkte ihr zu, dabei stolperte er rücklings über ein blaues Fellknäuel. Herr Hummel taumelte, ruderte mit den Armen und versuchte, sich an Linas Rucksack festzuhalten, der auf ihrem Schreibtisch stand. Er riss ihn herunter und sein kompletter Inhalt schwappte wie eine riesige Welle über ihn. Er wurde förmlich unter Heften, Büchern, Stiften und Zetteln begraben. Ein wahrhafter Schreibwaren-Tsunami!

»Ach du heiliges Kanonenrohr«, murmelte Herr Hummel, der nun auf dem Boden inmitten eines riesigen Bergs Papier saß und sich Büroklammern aus den Haaren schüttelte. Es war ein heilloses Durcheinander.

Lina musste lachen, tatsächlich das erste Mal seit Ewigkeiten! Es fühlte sich gut an. Sie lachte und lachte und konnte gar nicht mehr damit aufhören. Herr Hummel sah erst Lina ungläubig an, dann blickte er an sich herunter. Plötzlich brach auch er in schallendes Gelächter aus. Lina wischte sich eine Träne aus dem Auge, da fiel ihr Blick auf Nepomuks Brief.

Im Dschungel

Lina hatte gewartet, bis Herr Hummel damit fertig gewesen war, den Rucksack wieder einzuräumen. Nachdem er sich verabschiedet hatte, stieg sie aus dem Bett und fischte vorsichtig Nepos Brief heraus. Unglaublich, wie hatte sie ihn vergessen können? Sie öffnete ihn und begann zu lesen:

Hallo Lina,

Ich will mal versuchen, dir zu erklären, was eine Panikattacke ist. Dafür brauche ich aber mehr Platz als eine halbe Heftseite.

Zuerst mal das Wichtigste: Panikattacken bedeuten nicht, dass du verrückt bist. Du stirbst auch nicht daran, selbst wenn es sich so anfühlt. Meine Mutter hat ab und zu auch solche Attacken und ihre Ärztin hat ihr erklärt, dass das häufiger vorkommt, als man denkt. Es ist den Leuten nur immer furchtbar peinlich, darüber zu sprechen.

Gut, jetzt stell dir mal vor, du bist im Dschungel und auf einmal steht ein Tiger vor dir. Was passiert dann? Du bekommst Angst und dann reagiert dein Körper. Der will ja nicht, dass du stirbst, sondern dass du dich aus der Situation befreien kannst. Deswegen stößt er Adrenalin aus. Das ist ein Hormon, das viel Energie freisetzt. Also entweder hast du dann den Impuls zu kämpfen und bekommst fast übermenschliche Kräfte (so wie Wonderwoman) oder es weckt in dir den Wunsch, ganz schnell abzuhauen. Und manchmal lässt es dich auch erstarren, weil dich zum Beispiel Bären in Ruhe lassen, wenn sie denken, dass du schon tot bist. So weit, so gut.

Bekommst du jetzt aber im Schultreppenhaus eine Panikattacke, ist die Lage etwas schwieriger. Ist ja kein Tiger da. Wo kommt dann also die Angst her?

Meine Mutter hat meinem Vater und mir erzählt, dass solche Attacken auftreten können, wenn man sehr viel Stress hat oder Depressionen. Das ist, wenn man sehr lange sehr traurig ist. Ein bisschen wie wenn die Seele eine Grippe hat. Und dafür gibt es auch wieder viele Gründe. Es ist also ein wenig kompliziert.

Mama hat manchmal Phasen, wo sie sehr lange traurig ist und dazu kommen noch die Panikattacken. Das ist aber erst seit ungefähr zwei Jahren der Fall. Ich verrate dir mal ein Geheimnis: Ich sollte eigentlich einen kleinen Bruder bekommen. Mamas

Bauch war schon ganz dick und rund, na ja und dann gab es Komplikationen und ich habe doch keinen Bruder bekommen. Da fing das an mit dem Traurigsein.

Jetzt geht sie zu einer speziellen Ärztin, mit der sie darüber spricht. Und manchmal bekommt man bei sowas auch Medikamente verschrieben. Also, vielleicht kannst du ja auch mal zum Seelenarzt? Der kann dann gucken, was bei dir so los ist. Meine Mama findet ihre Ärztin super und sagt, dass es ihr seitdem besser geht. Und mein Papa ist echt total froh, dass meine Mama da Hilfe bekommt.

So viel zum wissenschaftlichen Teil. Aber davon mal ganz abgesehen glaube ich, dass es super wichtig ist, dass man sich nicht unterkriegen lässt. Egal, ob man nun eine verfickte Orange ist, die Familie nicht so viel Geld hat wie andere oder ob man heimlich mal eine Strumpfhose anprobieren will, sich aber nicht traut. Jeder trägt so einen Rucksack mit sich herum, in dem schwierige Sachen sind. Und bei dir sind eben ein paar Feuerstiere drin und vielleicht eine Seelen-Grippe. Aber das macht ja nichts, wir mögen dich trotzdem.

Denk daran: Du bist Lina Luft! Die erste Vorsitzende der Obermüller-Über-Alles-Partei. Ein Mädchen aus

Honig und vielleicht eine zukünftige Tänzerin. Das ist viel wichtiger als alles andere. Und wenn du einen Rucksack hast, der sehr groß und schwer ist, musst du auch echt aufpassen, dass du nicht aufhörst, schöne Sachen zu machen. Meine Mutter sagt, es ist total wichtig, Dinge zu tun, die einen glücklich machen. Als Ausgleich eben. Sie nennt das Selbstfürsorge. Also tanze, schreibe abgefahrene Gedichte und führe blaue Anzüge als Schuluniform ein. Sonst wirst du nur noch unglücklicher. Das wäre doch scheiße. Ein weiser Philosoph hat mal den schönen Spruch gesagt: Träume nicht dein Leben, sondern lebe deinen Traum. Das kann ich nur empfehlen.

Liebe Grüße,
Dein Nepo (zukünftiger Astronaut)

Lina ließ den Brief sinken.

Sauerkrautsaft

Hanna Luft war genervt. Massiv genervt, denn sie hatte keine Lösung parat. Sie saß mit einem Sauerkrautsaft in der Küche und starrte wütend aus dem Fenster. Was fiel diesen Leuten eigentlich ein? Erst kam diese komische Nachbarin vorbei und wollte zu Lina. Dann Suse. Zum Glück waren die zwei Jungs nicht dabei. Die waren ja kein Umgang für ihre Tochter. Der eine ein Vollidiot, der mal den Schrottplatz seines Vaters übernehmen würde und der andere ein Spasti. Nein, ihre Tochter hatte etwas Besseres verdient. Den Herrn Obermüller zum Beispiel. Der war aber nicht gekommen. Nur dieser Weichei-Lehrer mit seiner Sozialpädagogen-Macke. Es passte ihr gar nicht, dass Lina nun von ihm unterrichtet wurde. Herr Obermüller wäre da ganz anders. Mit straffer Hand würde er die Kinder erziehen. Und ihre Mutter? Mischte sich in alles ein, das konnte so nicht weitergehen. Von Hannes konnte sie auch keine Unterstützung erwarten. Der hielt sich aus allem raus. Hauptsache, er hatte seine Ruhe. Auch so ein Weichling, dachte sie bitter. Sie nahm einen Schluck Sauerkrautsaft. Ekelhaft. Was mühte sie sich hier eigentlich ab? Sie schuftete und rackerte und wofür? Für nichts und wieder nichts. Niemand dankte es ihr. Im Gegenteil. Immer war sie die Böse, die Spielverderberin. Hanna Luft hatte die Nase voll. Es reichte. Sie war hier das Opfer der Familie, aber sie würde das nicht länger mitmachen. Wenn weder ihr Mann noch der Weichei-Lehrer es schafften, Lina zur Vernunft zu bringen, dann würde sie das jetzt eben tun. Das war ja kein Leben! Tagelang im Bett, dabei war Lina überhaupt nicht krank. Sie war nur schwach, mental schwach. Und es gab nichts, was Hanna Luft mehr verachtete als Schwäche. »Nein!«, dachte sie. Es hört auf. Jetzt und hier. Entschlossen knallte sie das Glas auf den Tisch. Sie würde ihrer Mutter endlich sagen, was ihr seit Jahren, ach was, seit *Jahrzehnten* unter den Nägeln brannte. Sie würde ein für alle Mal klarstellen, wer hier das Oberhaupt der Familie war und die Entscheidungen traf. Sie würde Hannes den Kopf waschen und sagen, dass sich ab morgen hier einiges ändern würde. Und Lina würde sie in die Gänge bringen, oh ja.

Sie hievte sich aus dem Stuhl und machte sich auf den Weg nach oben. Lina würde es zu etwas bringen. Lina würde alle Chancen dieser Welt bekommen. Nicht so wie sie selbst. Und wenn sie Lina an den Schreibtisch *prügeln* musste. Sie öffnete die Tür zu Linas Zimmer. Es war leer. Ihre Tochter war weg. Das Fenster stand weit offen. Ungläubig starrte sie auf Linas Bett. Ein Gedanke bahnte sich aus den Untiefen ihrer Seele den Weg nach ganz oben: Sie hatte als Mutter versagt. In diesem Moment fuhr ihr ein stechender Schmerz durch den Bauch. Sie sackte in die Knie.

Familie

»Und das ist jetzt die Tanzschule, oder was?«. Ivo guckte skeptisch.

»Ja.« Nepo nickte.

»Woher weißt du das denn überhaupt?«.

»Das sp-sp-ielt doch keine Rolle. ARSCHLOCH.« Nepo war nervös.

»Ja, ist doch auch egal«, sagte Suse. »Viel wichtiger ist, wie wir jetzt hier reinkommen.« Die drei standen ratlos in einem Berliner Hinterhof und guckten an den mit Graffiti besprühten Wänden nach oben.

»Ist verdammt weit oben, das Studio«, stellte Ivo fest.

»Und die T-t-t-ür ist FICKEN dick.«, merkte Nepo an.

»Aber die Feuerleiter führt direkt nach oben«, warf Lina ein.

Suse zog skeptisch eine Augenbraue hoch. »Ja, aber wir sind doch nicht in einem Gangsterfilm, wie sollen wir denn ...«. Sie stutzte. »Lina!«.

Wie vom Blitz getroffen drehten sich die Freunde um. Lina lächelte müde. »Hey.«

Alle drei stürmten auf sie zu und fielen ihr um den Hals. Ivo vergaß völlig, dass es ja eigentlich voll peinlich war, ein Mädchen zu umarmen. Nepo freute sich sehr, dass es Lina aus dem Bett geschafft hatte und Suse wollte sie nie wieder loslassen.

Lina musste wider Willen lachen. »Ihr Spinnis. Ihr erdrückt mich ja.«

»Du bist gekommen!«, freute sich Nepo.

»Also, wenn Ivo wirklich eine Strumpfhose mit Tutu anziehen will, ist das«, sie seufzte, »wohl ein historischer Moment. Das darf ich natürlich nicht verpassen. Und außerdem würde ich auch ...«. Sie zögerte. »Na ja, ich würde tatsächlich auch gerne mal ein Tutu anprobieren.« Sie wurde rot und blickte auf den Boden. »Ein weiser Mann hat mir mal empfohlen, seine Träume zu leben und nicht nur zu träumen.«

Nepo grinste wie ein Honigkuchenpferd.

»Also, auf gehts, Leute. Feuerleiter«, sagte Suse und krempelte sich die Ärmel hoch.

Das Glück spielte den Vieren in die Hände: Über die Feuerleiter gelangten sie rasch nach oben. Der Notausgang war nicht verschlossen.

»Woooow«, sagte Ivo, als sie den Saal mit den großen Fenstern betraten. »So viel Platz. Voll geil.«

»Nicht schlecht«, bemerkte Suse und betrachtete die weißen Backsteine. »Sehr Berlin.«

Lina schaltete das Licht an. »Die Tutus sind da hinten.« Sie verschwand im Nebenraum.

»Und wo sind die Umkleiden?«. Ivo scharrte mit den Füßen.

Lina kam zurück. »Hier, bitteschön.« Sie drückte Ivo ein weißes Tutu in die Hand. »Und ...«, sie griff in ihre Tasche, »da.«

Ivo blickte auf ein blaulilapink geringeltes Knäuel in Linas ausgestreckter Hand.

»Ich finde, wenn ich schon hier bin, sollte ich auch irgendwas anprobieren«, sagte Suse und verschwand im Nebenraum. »Oh, hier sind ja noch ganz viele andere tolle Sachen. Nepo!«, rief sie, »Komm mal her, vielleicht findest du auch was.«

»Und wir«, Lina fasste Ivo an der Hand, »Wir ziehen uns jetzt um.« Sie ging zielstrebig in Richtung Umkleidekabine. »Und ich habe auch noch eine Überraschung dabei.« Sie schüttelte ein altrosa Täschchen mit goldenem Schnappverschluss.

Kurze Zeit später steckte Suse ihren Kopf in die Umkleide. »Seid ihr zwei bereit für euren großen

Auftritt?«. Sie trug einen schwarzen Zylinder, eine rote Fliege um den Hals und einen Stock mit silbernem Knauf in der Hand. »Ooooh, ihr habt ja Schminkzeugs dabei. Darf ich auch?«. Sie malte sich einen dicken roten Streifen über die Augen. Sie sah aus wie eine Superheldin. »Ich bin bereit.« Sie schritt entschlossen voran in den Tanzsaal.

Plötzlich erklang Musik. Suse hatte die Anlage gefunden. »Mein verehrtes Publikum!«, rief sie einem Saal nicht vorhandener Menschen zu. »Ich präsentiere Ihnen heute Abend ein unglaubliches, noch nie da gewesenes Ereignis: Ivo, Ritter der Tafelrunde, wird sich Ihnen in Tutu und Strumpfhosen zeigen. Doch zuerst Applaus bitte für Linaaaaaaaaaa Ballerinaaaaaa!«.

Lina war Honig. In einem schwarzen Tutu, mit einem lila Streifen um die Augen und schwarzem Lippenstift kam sie in den Saal geschwebt. Sie drehte sich, sprang und floss. Es war ein Genuss! Der Stoff wippte und wirbelte um sie herum. Sie fühlte sich großartig! Sie wusste, dass sie tanzen *musste*. Hier gehörte sie hin. In ein Tanzstudio, in ein Tutu. Schließlich kam sie außer Atem neben Suse zum Stehen und stützte sich die Arme in die Hüfte.

»Nun zum Höhepunkt des Abends: Meine Damen und Herren: Ivoooo Ballerinoooooo!«.

Ivos Augen waren ebenfalls lila geschminkt, dazu trug er das Tutu und die blaulilapinke Strumpfhose von Lina. Ha! Er war der König der Welt, hier und jetzt und im besten Outfit des Universums. Er rief »YOLO!« und hip hoppte in den Saal hinein. Lina war überrascht. Sie wusste nicht, dass ihr Freund solche ... ja, *moves* drauf hatte.

»Und als Überraschungsgast, liebes Publikum, präsentieren wir Ihnen heute Abend Nepo, the Muk«, rief Suse.

»ICH BIN EINE VERFICKTE ORANGE UND STOLZ DRAUF!«, schrie Nepo, nahm Anlauf, schlug ein Rad und machte einen Purzelbaum. »Tadaaaa!«. Er grinste. Tatsächlich hatte er zwischen all den Röcken, Schuhen und Federboas so eine Art Orangenkostüm gefunden. Mit Hut und Blättchen auf dem Kopf.

Lina, Suse, Ivo und Nepo brachen in schallendes Gelächter aus. Die vier Freunde kugelten sich am Boden und wischten sich die Tränen aus dem Gesicht.

Lina strahlte. Die Freunde akzeptieren sie nicht nur so, wie sie war, nein, sie waren tatsächlich auch selbst schrullig-wunderlich … im besten Sinne! Lina wurde klar, dass es verschiedene Familien gab: nicht nur diejenige, in die man hineingeboren wurde, sondern auch die, die man sich selbst aussuchte. Manche Familien stritten viel, in manchen fühlte man sich warm, geborgen und zu Hause. Vielleicht war es gar nicht so schlimm, wenn die eigene Familie manchmal ein bisschen schwierig war, wenn es noch die Freunde-Familie gab, auf die man sich verlassen konnte. Lina seufzte zufrieden. Sie war noch nie in ihrem Leben so glücklich gewesen.

Zimmer 101

Es knallte. Lina schreckte hoch. Wo war sie? Schlaftrunken sah sie sich um. Sie lag auf einem der Sofas in der Umkleidekabine, neben ihr schlief Suse. Nepo schnarchte leise in einem Sessel und Ivo, immer noch in Strumpfhosen, schlief bäuchlings auf dem Sofa gegenüber. Ihr Blick fiel auf die vier leeren Pizzakartons. »Ach du scheiße, Leute! Wacht auf. Wir sind eingeschlafen!«. Sie rieb sich die Augen und glaubte, ihre Großmutter zu hören.

»Lina!«.

Was war hier los? War das alles ein Traum? Lina war verwirrt. Auf einmal stand Gili in der Tür.

»Sie ist hier, Mora.«

»Himmel! Gott sei Dank! Meine Güte, Lina ...«. Die Großmutter war blass. »Wir haben uns solche Sorgen um dich gemacht. Du musst sofort mitkommen.«

»Was ist denn los?«, fragte Lina verwirrt.

»Deine Mutter ist im Krankenhaus.«

Alles war verschwommen. Lina saß in einem Taxi. Sie sah, dass Oma mit ihr sprach, aber konnte die Worte nicht richtig hören. Alles war dumpf.

»Nicht optimal … das Baby … zu früh … Probleme«, hörte sie. Ihr war schwindelig. Welches Baby? Und wieso war Mama im Krankenhaus? Noch immer fühlte sich der Tag völlig surreal an. Sie sah ihre Großmutter mit fragenden Augen an.

»Lina, verstehst du nicht? Deine Mutter hat ein Baby bekommen.«

Es musste ein Traum sein, ein wirrer Alptraum. Lina versuchte zu sprechen: »Aber wie denn? Muss man da nicht schwanger sein?«.

Die Großmutter rieb sich die Augen. »Frag mich nicht, was im Kopf meiner Tochter vorgeht. Sie hat es mir nicht gesagt, offenbar wusste nur dein Vater Bescheid.« Lina verstand nicht wirklich. Sie war noch immer wie in einem Nebel. Die Großmutter nahm sie in den Arm und fuhr fort: »Dein Bruder wurde zu früh geboren, er liegt jetzt im Brutkasten.«

»Ich habe einen Bruder?«. Lina blickte sie mit großen Augen an. Zum ersten Mal an diesem Tag fühlte sie sich klarer im Kopf. Sie spürte ein wohlig warmes Gefühl durch ihren Bauch fließen. Sie lächelte. Einen richtigen kleinen Bruder. Sie würde eine gute große Schwester sein.

Endlich hielt das Taxi vor dem Krankenhaus. Die Fahrt hatte sich wie eine Ewigkeit angefühlt.

»Wir sind die Familie von Hanna Luft. Also ihre Mutter und die Tochter«, sagte die Großmutter an der Rezeption.

Der Krankenpfleger der Theke lächelte Lina an. »Wie siehst du denn aus?«.

»Was? Wie?«. Lina sah zu Oma.

»Na, du siehst nicht gerade aus wie eine Tochter, sondern wie ein schwarzer Schwan«, bemerkte der Pfleger.

»Ach so.« Sie sah auf ihr Tutu.

»Wir möchten zu Hanna Luft«, sagte Oma noch einmal mit Nachdruck.

»Zimmer 101, erster Stock. Folgen Sie der roten Linie. Oder tanzen Sie sie entlang.«

Oben angekommen, hielt sie eine Krankenschwester auf. »Also Momentchen, wohin wollense denn? Dit Staatstheater is aba janz woanders.« Sie zog eine Augenbraue nach oben und musterte Lina von oben bis unten.

»Zu Hanna Luft und ihrem Kind. Wir sind Familie. Geht es ihr besser? Können wir zu ihr?«.

»Ja, Mutter und Kind sind alle beede wohlauf. Der Kleene muss aber noch 'ne Weile im Brutkasten bleiben. Zimmer 101. Und ziehense ihrer Enkelin mal wat Ordentliches an.« Die Schwester machte den Weg frei.

Lina kam der Weg zum Krankenzimmer ihrer Mutter unendlich lang vor. Die Zeit schritt nur zäh voran. Zweiundneunzig, dreiundneunzig, vierundneunzig. Sie machte sich Sorgen um den Bruder, den sie noch nicht kannte und der in diesem komischen Kasten lag. Fünfundneunzig, sechsundneunzig, siebenundneunzig. Hoffentlich ging es Mama gut. Achtundneunzig, neunundneunzig. Sie bogen um die Ecke. Gleichzeitig freute sie sich auch so sehr, nun ein kleines Brüderchen zu haben. Das Leben würde jetzt sicherlich wieder schön werden. Sie würde eine Schwester sein, Mama fröhlich und Papa würde bestimmt mehr Zeit mit der Familie verbringen. Und sie würde einen Weg finden, weiter zu tanzen. Es machte sie so glücklich. Und ihre Freunde erst! Ja, Lina war sich sicher. Alles würde gut werden. Solange nur Mama und das Baby gesund waren. Hundert, hunderteins. Endlich. Lina öffnete die Tür zum Zimmer ihrer Mutter. Sie blickte auf ein leeres

Bett, daneben saß der Vater. Er war blass und hatte dunkle Schatten unter den rot geränderten Augen.

Die Großmutter schaute verwirrt. »Hannes ... was ist los? Ich verstehe nicht.«

Linas Vater schniefte. Er hielt einen Brief in der Hand. »Ich bin eingeschlafen. Und als ich wieder aufwachte, ...«, seine Stimme versagte. Er wischte sich die Nase an seinem Handrücken ab. »Sie ist weg. Sie schreibt, dass sie das alles nicht mehr schafft. Dass sie Zeit für sich braucht. Was soll denn jetzt aus dem Kleinen werden?«.

Lina sackte in die Knie. Das Krankenhauszimmer begann zu verschwimmen. Sie hatte unglaubliche Kopfschmerzen. Lina war sich sicher: Sie hatte als Tochter versagt.

EPILOG

Snu sitzt in Omas Nachdenksessel und klappt das Buch zu, das er eben fertig gelesen hat. Glücklich sieht er nicht aus.

»Was ist dir denn über die Leber gelaufen?«, fragt Herr Neufeld, der gerade zur Tür herein geschlichen kommt.

»Scheiß Ende«, grummelt Snu und pfeffert das Buch in eine Ecke. »Dabei mochte ich die Geschichte.«

»Aber, aber, mein Drachenfreund«, tröstet ihn Herr Neufeld, »es ist ja nur das Buch zu Ende, nicht unbedingt die Geschichte darin. Es geht immer weiter im Leben. Man muss nur einen Weg finden.« Herr Neufeld leckt sich seine schwarze Pfote. »Wie ich stets zu sagen pflege: Das Leben ist wie eine Achterbahn: Es geht runter, aber danach geht es auch wieder rauf.«

»Etwas Weiseres fällt dir dazu nicht ein?«, grummelt Snu. »Du bist doch sonst so schlau, Herr Professor.«

Herr Neufeld seufzt. »Manchmal ist das Leben furchtbar einfach und kompliziert zugleich. Hast du schon einmal bemerkt, dass man gleichzeitig sowohl sehr glücklich als auch sehr traurig sein kann?«.

»Du meinst, so wie wenn man eine ganze Tüte Gummibärchen isst und es einem danach kotzübel ist?«.

Herr Neufeld muss lachen. »Ja, ich denke, so ähnlich«, antwortet er mit seiner tiefen Samtstimme.

»Ja, aber, was mache ich denn jetzt mit dem Buch? Das Ende war ja viel zu deprimierend. Das geht doch so nicht.«

»Es ist wie mit allem im Leben: Geduld. Wunden werden heilen. Es braucht eben ein bisschen Zeit. Das Tragische ist, dass alles irgendwann endet. Aber nach einem Ende folgt auch immer ein neuer Anfang.« Herr Neufeld sieht gedankenverloren aus dem Fenster. »Und wie ich einmal gehört habe, wohnt jedem Anfang ein Zauber inne.«

Er dreht sich zu Snu und hebt fragend seine Augenbrauen. »Gut genug?«.

Der kleine Drache nickt. »Aber wie beginnt der neue Anfang?«.

Herr Neufeld lächelt. »Das, mein lieber Snu, ist eine andere Geschichte.«

Danke

Mann, Mann, Mann! Echt nicht einfach, so ein Buch zu schreiben und dann auch noch selbst zu veröffentlichen. Aber das mit dem „selbst" ist ja ohnehin relativ. Ohne dich, wunderbarer Leser, würde mein Buch ja gar nicht existieren. Du hast es gekauft – und womöglich sogar (bis zum Ende) gelesen. Herrlich! Selbst wenn du es wütend mit den Worten „Scheißbuch" in die Ecke gepfeffert hast: Ich danke dir von Herzen!

Keine Ahnung, wo ich heute schreibtechnisch wäre, gäbe es da nicht Gina, die ich plötzlich in Berlin wiedergetroffen habe und die zufällig auch dabei war, zu schreiben. „Hey, wir könnten ja einen Schreibtreff machen – zusammen geht es leichter", sagte sie (ich zitiere aus dem Gedächtnis) und fortan gab es sonntags Kaffee, gute Gespräche und Schreibzeit. Danke!

Wer möchte nicht ab und zu eine Orange sein? Ich bestimmt – und das am liebsten zusammen mit meinem Lieblingsgewürzgürkchen. Weit weg und doch zusammen rollen wir durch die Welt. Danke, danke, danke für deine Motivation und Inspiration – und natürlich deine unbezahlbaren Insights bezüglich des Tourette-Syndroms. Ohne dich hätte es Nepomuk nie gegeben.

Anna! Herzensmensch, verwandte Seele und Buchfachfrau: Ich danke dir für unsere Gespräche, die mich immer bereichern, mein Herz erwärmen und mir helfen, die Welt und mich selbst besser zu verstehen. Und natürlich sehr fürs Testlesen, deine ehrliche Meinung und konstruktive Kritik!

Die Welt kann man wirklich sehr gut durch Bilder verstehen. Sprachliche besonders. Hach, Metaphern. Stilmittelglück! Und niemand hat schönere Segelmetaphern als Tine (sorry, Oma Mora!). Vielen Dank für deinen Input, deine Gedanken und Fragen. Zum Buch natürlich, aber auch zum Leben generell. Seit so vielen Jahren nun schon. Wunderbar!

Taylor, danke für deinen Glauben. An Gott, die Welt und mein Buch. „You must always remember to swim back to the rock." Das kommt in den nächsten Band! ... und es hat mir in den stürmischen Stunden geholfen, in denen mein Glauben an dieses Projekt ordentlich gewackelt hat.

Ach, generell möchte ich einfach allen meinen Freunden danken, dass es euch gibt. Ihr seid meine „extended family". Ich möchte euch niemals missen. Ihr bedeutet mir wirklich sehr viel. You know who you are!

Danke auch an meine echte Familie für ihre Begeisterung über meine Karriere als Autorin (seit Klasse 3) und auch die ein oder andere Weisheit, die ihren Weg ins Buch gefunden hat. Und besonders für Gespräche unter angehenden Autoren: شكرا فاب

Anne, tausend Dank für deinen Satz „Das ist ein ernstzunehmendes Kinderbuchmanuskript." Du weißt gar nicht, was das für meine Motivation getan hat.

Liebe ehemalige Schüler: Danke für die ein oder andere Inspiration und sorry, dass ich euch mit Poesie-Projekttagen im Park und dem schrecklichen Onomatodings gequält habe.

Ohne Kaffee gäbe es dieses Buch nicht, daher hier ein kurzer bittersüßer Gedanke mein einstiges Arbeitszimmer *Wo der Bär den Honig holt,* das es leider nicht mehr gibt. Aber nach einem Ende folgt immer ein neuer Anfang, wie ich höre. Deshalb auch ein großes Danke an *Fleur's,* mein brandneues „Büro". *Echt heel lekker!*

Jordi, ich danke dir von Herzen. Für deine Unterstützung, dein Interesse an meinem Buch und deine niederländische Direktheit: *Moet je zelf doen.* Andernfalls würde ich jetzt noch auf Antwort von Literaturagenten warten. Tausend Dank dafür, dass du meine Träume und Ziele siehst und den Weg dorthin mit mir zusammen gehst. Und danke für das beste und wichtigste Geschenk überhaupt: Zeit zum Schreiben ... und zwar während unser Leben in den Windelbergen von einem sehr aktiven Sportbaby auf den Kopf gestellt wird. *Ik hou van jou.*

CPSIA information can be obtained
at www.ICGtesting.com
Printed in the USA
LVHW111126140223
739387LV00005B/636